雅众诗丛·国内卷

傍晚降雨
吕德安四十年诗选
（1979-2019）

吕德安 著

北京联合出版公司
Beijing United Publishing Co.,Ltd.

雅众文化 出品

目 录

第一辑 纸蛇（1978—1983）

澳角的夜和女人 / 3

母亲们 / 4

我的父亲 / 6

煤炭的挑夫 / 9

孤独的女邻居 / 10

听西班牙吉他（选节） / 11

昨夜有雨 / 12

纸蛇（修订版） / 13

卖艺的哑巴谣曲 / 17

芦苇小曲 / 18

驳船谣 / 19

梦呓 / 20

民谣 / 21

山谷的农夫 / 22

马戏团小曲 / 23

旧时的情人 / 24

旧时的情人或船坞谣曲 / 26

古钟谣 / 29

挽歌 / 31

陆地的芦苇草 / 35

我的情人 / 36

寄给父亲 / 38

婚约 / 40

残疾的女邻居 / 41

告诉你一位好姑娘 / 42

外乡人 / 44

村庄 / 46

吉他曲 / 48

小雪 / 50

第二辑 南方以北（1984—1990）

三个男孩 / 53

三个女孩 / 55

睡眠的诗人 / 57

虚无的消息 / 58

中途 / 59

猩猩 / 60

父亲和我 / 61

晨曲 / 63

断木 / 64

启示 / 66

争执 / 67

晚景 / 68

门 / 69

眼镜车间 / 70

无题 / 71

心中的小曲 / 72

献诗 / 73

在屋顶上 / 74

迟到的幸福 / 75

春天到了 / 76

在圆明园 / 77

午夜断章 / 78

一天 / 80

黑暗的节奏 / 81

我吻你 / 82

和初恋情人在屋子里 / 83

下霜 / 84

我的蝴蝶 / 86

鸟鸣 / 87

游荡的人 / 88

两种更夫 / 89

也许是一次合唱 / 91

街道两旁的小屋 / 92

回故乡 / 93

你母亲和吉他 / 94

一支歌 / 96

搭棚架写真 / 98

无题 / 99

散步 / 100

天使 / 101

冬天的赞词 / 102

挖墙 / 103

泳者 / 105

泥瓦匠印象 / 107

无题 / 108

蛇一样的女人 / 109

从傍晚到傍晚 / 110

夏天的篷布 / 111

蟋蟀之王 / 113

八月的昙花 / 115

还少一步 / 116

裸体者 / 117

沉默 / 118

死过一次 / 119

树和我 / 120

雨后 / 122

南方 / 123

弯曲的树枝 / 124

十月的夜 / 126

鸬鹚的傍晚 / 127

鹦鹉轶事 / 128

三个泥瓦匠 / 129

河床中的男人 / 131

看人放鸽子有感而作 / 133

海鸥 / 134

绿色的变奏 / 135

一首自我作践的歌 / 136

出院 / 138

像它的开始 / 139

无题 / 140

有房子的梦 / 141

有关我们在此 / 142

部分的黑暗 / 144

为了他竟如此贪恋睡眠 / 145

在病中 / 146

种种邀请 / 148

两种存在 / 149

留步 / 150

风景 / 151

洪水的故事 / 152

夜已完全静下来 / 154

界限 / 155

裙子 / 156

我的手 / 157

狐狸中的狐狸 / 158

那时他还小 / 159

两块颜色不同的泥土(修订版) / 162

象征 / 164

方式 / 165

无题 / 166

少女踩过冰冻的草坪 / 167

回忆 / 168

除草 / 169

日常生活 / 170

吃橙子的人 / 172

未完成的笼子 / 174

像兄弟一样 / 175

倾斜的房子 / 177

致母亲 / 178

怀念 / 180

水仙花蜷曲的叶子 / 181

第三辑 纽约诗抄（1990—1998）

几乎是一种陈述 / 185

一次见证 / 186

一月 / 187

在另一个冬天 / 188

时差之诗 / 189

房东太太的后花园 / 190

继承 / 191

十一月的向导 / 192

纽约 / 194

曼哈顿 / 195

冻门 / 197

古琴 / 199

纽约今夜有雪 / 201

街头音乐 / 202

看房子归来有感而作 / 204

勤奋的玻璃工人 / 206

鲸鱼 / 208

河马 / 210

解冻 / 212

群山的欢乐 / 214

天鹅 / 216

转述的诗 / 217

荷花别赋 / 220

精灵的湖 / 221

纽约轶事 / 222

继父 / 224

一棵树 / 228

雨水已经停住 / 230

秘密和见闻 / 234

同一只老虎 / 236

在埃及 / 241

去健身馆 / 243

第四辑 北峰诗抄及其他诗篇（1994—2020）

台阶 / 251

无题 / 253

冒犯 / 255

晨曲 / 257

无题 / 258

诗歌写作 / 259

时光 / 261

石蒜 / 262

两个农民 / 263

群山之中 / 265

恐惧 / 267

傍晚降雨 / 269

土豆 / 270

写真 / 272

草坪 / 274

掘井 / 276

屋顶与池塘三章 / 278

漆树 / 281

或许可称之为台词 / 283

池塘逸事 / 286

给哑巴漆工的四则小诗 / 288

漆画家 / 292

可爱的星星 / 294

八大山人 / 295

迷恋 / 297
公元 2012 年重阳节游太行山有感而作 / 298
偷渡客的一天 / 300
鹰 / 305
庄子 / 307
最后的雪 / 309
霜降 / 311

第五辑 组诗和长诗节选（1982—2015）

死亡组诗（修订版） / 315
蟋蟀之死 / 327
曼凯托 / 334
抚摸 / 363
不，不是那扇门 / 378
梦歌 / 390

后记 / 395
吕德安创作履历表 / 398

第一辑
纸蛇 (1979—1983)

澳角的夜和女人

澳角,是一个渔村的名字,
它的地形就像渔夫的脚板,
扇子似的浸在水里,
当海上吹来一件缀满星云的黑衣衫,
澳角,这个小小的夜降落了。

人们早早睡去,让盐在窗外撒播气息,
从傍晚就在附近海面上的几盏渔火,
标记着海底有网,已等待了一千年,
而茫茫的夜,孩子们长久的啼哭
使这里显得仿佛没有大人在关照。

人们睡死了,孩子们已不再啼哭,
澳角,这个小小的夜已不再啼哭,
一切都在幸福中做浪沫的微笑,
这是最美梦的时刻,澳角,
再也没有声音轻轻推动身旁的男人说:
"要出海了。"

1979

母亲们

在夏天,天气热得让人不想说话
但是母亲们和她们的扇子想说话——
这是轻声细语的母亲
这是爱流泪的母亲和动不动就跑开
搬来大扇子的母亲
她正在为一只蚊虫而发怒

这是老是大肚子的母亲
她的肚子大提琴一样大
这是一个乌鸦嘴母亲
她的线团永远挂在树梢上
这是小工人母亲,悲伤母亲
一切都由男人来决定母亲
受孩子责怪母亲,驳船母亲,将来母亲
——"哎呀,真的是这样!"
母亲们到哪里都会坐到一起

星星闪亮,乌云没有凳子坐
熊来了,嗅着这群幽暗的花朵

熊来了,在夏夜里这条长长的走廊——
"哎呀,母亲们什么话那么多"

1981

我的父亲

1
是城市
是这座城市
是这座灰色的城市

我亲爱的父亲得了
一场皮肤病
住院在这座城市

2
告诉他什么呢,拿什么安慰他
告诉他全家人都在想念他

3
他本是郊外镇上小小的税务官
他手上的企业足足一把香烟那么多
可他经常伤脑筋

4
他手上企业一把香烟那么多
可是有一天他突然全身发痒
才自己跑着住进了这座城市

5
他向来奉公守法,处事公断
传达政策不忘口气好听
很少有人怪到他头上
他在家里还吩咐母亲
要学着照菜谱做菜
甚至说一个家庭跟一个国家一样

6
有时,我觉得父亲很强大
偌大的造船厂或船坞
都对他毕恭毕敬

7
但是那天他突然自己跑进城市
他还说,不会痒
他还不知道发生了什么

8
他手上企业一把香烟那么多
现在他却敷着药动弹不得
像一座火山动弹不得

9
告诉他什么呢？拿什么安慰他
告诉他我写诗受到公认
一个姑娘常到家里玩
告诉他，母亲不许
他在医院里打牌
最好还要把烟也戒掉

10
就是这座城市
就是这座罩着口罩说话
而我的父亲哑口无言地躺在病床上
像火山一样动弹不得
的城市

1981

煤炭的挑夫

主妇,你的橄榄枝叶真茂盛
而你心灵的窗户却紧闭着
一丝不漏

主妇,你的苔绿的水井在冒泡
那底下寂寞而火热的喷泉
唯有我知道

你丈夫远在南洋
你丈夫航行在蓝蓝的海上
生死未卜

主妇,你的橄榄树最茂密
你的煤炭挑夫的厚嘴唇
正在为你燃烧

1981

孤独的女邻居

女邻居是四株小水仙
我是一盆小玫瑰
我们一起晒过太阳
在小时候的走廊

女邻居是四株水仙的走廊
我是一盆玫瑰的走廊
过去是同一条走廊
现在可不是了

都说女邻居在谈恋爱
门口时常会悄悄地
多出一双鞋,一双鞋
远看就像两只贼船

1981

听西班牙吉他（选节）

1．《炎热的太阳》

一只小驴背着一口锅
小草在脚下燃烧
一只小驴跑过又跑过
它在叫唤着主人
却把背上的米
全洒在了地面上

6．《阿根廷》

同时是五只驴子
走在鹅卵石小道上
阿根廷正在清晨
鹅卵石在发光
五只驴子要喝水
水喝进肚子有声音
声音就是阿根廷

1981

昨夜有雨

一位农夫在屋顶上
翻动旧报纸
一只公鸡跨上厨架
踢着豆荚
一群花衣姑娘
走在街上
把最漂亮的拥在当中
她们谈论着一出地方戏剧
然而昨夜镇上有雨
农夫爬下了楼梯
公鸡弄翻了豆荚
姑娘们只好早早地回家

1982

纸蛇（修订版）

1
马的形状，马蹄的形状
只有马
和它的马蹄形

2
亲爱的父亲
我看见了一条生来没有见过的蛇
它在一个巴郎鼓的金色手指上
游遍了整个城市

3
这是一条纸蛇
它没有会响的尾巴
也没有人掐住它的
风浪的脖子

4
马的形状，马蹄的形状

只有马和它的马蹄形
亲爱的父亲
这是一条我生来没有见过的蛇
我们的小镇也没有见过
可是在雾蒙蒙的傍晚
它那金灿灿的自由的身体
多么像我漂泊的生涯

5
这是一个岁月的巴郎鼓
这是一个我儿时梦见的巴郎鼓
飞舞的鼓槌像两只爱情的小绣球
绸缎吊绳的箱子里
装满了漂亮的蛇

6
亲爱的父亲
这是一条我生来没有见过的蛇
但它又多像我儿时撒的一泡尿
它是我最纯洁的灵魂

7
马的形状,马蹄的形状

多少个日子
才到这快活的土壤
可是，父亲啊
这个岁月的巴郎鼓告诉我
我不能拿我的蛇去换你们的马
因为崇拜蛇的人是有福的人
我就是有福的人
我的流浪生活
将因我的蛇而开出最幸运的
爱情的花朵

8
多少个日子
才到这快活的土壤
可是，父亲啊
我又多么不想看到我们的马
在烟尘中死去
我多么不想再见到我们那些瓦片
在岸边哭红了双鳍
我们那些最激情的江水啊
像嫁不出去的穷女儿
终日惆怅在泪水的漩涡

9
父亲啊
这是一条我生来没有见过的蛇
它就像我生命的黑美人
我那满怀深情的诗歌
彷徨在命运的天国
永远把痛苦和欢乐紧紧地缠绕

10
马的形状,马蹄的形状
只有马和它的马蹄形
亲爱的父亲,亲爱的小镇
那么你们生气吧
你们在生气中的马的尾鬃
也许会变出另一匹更俊美的马
到那一天,我的灵魂的蛇啊
将会选出一个晴朗的日子
并在白云无瑕的纸头上
叙说一个流浪者的全部心事

1982

卖艺的哑巴谣曲

在人群中
我是一条鱼

鱼不说话
鱼的话在水晶中间

在人群中
我是一朵白云

白云不说话
白云的手势也不寻找什么

在人群中
我是一个漂泊的艺人

我不说话
因为我有着芬芳的手艺

1982

芦苇小曲

飘飘芦苇花
青青芦苇草
抽着假麦穗
泛起层层的浪

用水灌饱她的心
抽着假麦穗
用太阳使她低头
只当作一次收获
用雨水使她哭
还要送到风里去

芦苇花
假的爱情
芦苇花
骗人的爱情

1982

驳船谣

听到声音驳船来
听到声音驳船来
带着厚皮的鼓
和一面小布旗

顺着古闽江上流
听到声音驳船来
没有眼睛
也没有乌黑的大烟

也没有自己的螺旋桨
泛起高高的浪花
听到声音驳船来
像盲子那样慢慢地来

它看不见你
也看不见前面的水
还装着一百年也这样地过去
听到声音驳船来

1982

梦呓

在故乡
被咬伤
竹叶青蛇
和水中的月亮

英勇的小蛇
迷失的月亮
和游子一起
祈求上岸

在故乡和水中
在岸上
今天是普渡节

1982

民谣

老鹰,老鹰
头发披到腰
老鹰,老鹰
河里去埋你妈

老天呀,你可赏脸
给它一根红头绳
红头绳
拖住绿尾巴

孩子,清晨的雨正在编织
一双草鞋赶路
要它攀上悬崖
和树上的家

1983

山谷的农夫

打麦的农夫,
一句话也不说,
把这一堆草
搬到另一堆草;

他的手臂
又疲惫又灰暗,
就像重复的歌曲,
在寂静的山谷回荡:

"大地啊,
我多想睡,
夕阳已落山,
我多孤独!"

1983

马戏团小曲

马戏团要过夜
在黄昏的公园
它搭起大帐篷
和树一样高

马戏团要过夜
带着全班的人马和绳子
它数着钟声
和树冠上的星星

还有花花绿绿的湖泊做伴
哟,马戏团要过夜
在自己的倒影里
在黎明的静寞里

新的一天开始了
马戏团对着静水装扮
一条献媚的鱼
跃上了岸

1983

旧时的情人

悠悠马尾港,如今衣冠已堂皇
烟中的宝塔焕发着容光
江面播送音乐
江水流过群山

我的心中充满渴望
钢铁和石头的巨大超过我的思想
这些感受都不同于过去了
道路坚实,心神荡漾

只是我要说说旧时的情人
她还保持着独特的高尚
她还不是新娘,却睡意蒙眬
有人说现在她才开始把我爱上

她曾经使我多么忧伤
不相信我会成为很大的诗人
无情地烧毁我心血的诗歌
不知道这将是一笔珍贵的财产

她思念我,我也有这种感觉
她折磨着发胖的身体求我原谅

而我已不再是过去的那个年龄
心胸开阔，一个堂堂的东南儿郎

我并不嫌弃什么，只是还不能娶她
因为故乡的港口已这般迷人
她家门口却还道路泥泞
当我离去，我的心会因羞愧不再歌唱

1983

旧时的情人或船坞谣曲

东边的白云
停留在山峦
来看我的情人
在这圆圆的船坞

因为我说了,从远道而来
因为我说一个游咏诗人
没有了往日忠贞的步履
头上只戴一顶浪子的白冠

西边的玲珑塔
塔尖闪着寒光
来看我的情人
在这荒芜的船坞

因为我说了,忘记掉那副尊容
也不再盼望什么
只是我感激往日的命运
小小窗口还挂着铃铛

不要诉说逝去的事情
不要重提虚幻的命运

如今她面色苍白
心的闸门半闭半开

水在江面一闪即过
就像仙镜,只让人照一次就碎了
来看我的情人
请认回那条蜡油的路浸在水里

漫游四方,歌唱爱情
我曾经带着她来过这里
变幻的天鹅湖啊
纹丝不动,多么吉祥

静静的期待中的家园
纯洁的处女如同无主的马匹
高高的脖子
总把欢乐的铃铛摇遍

不要你的遐想
也不要更远处的海洋
来看我的情人吧
死亡的锚不会变成水晶的皇冠

既然欢乐和痛苦
都不能使你们成婚
既然死去不再让人记起

这个遗忘的船坞

(于是,游唱诗人
从此一蹶不振
和那披长褂的玲珑塔
也销声匿迹)

1983

古钟谣

钟：

    风啊，去说这些古谣曲

    在这圆形广场

    去说那些清凛的溪水

    再把我青铜的声音铸成

风：

    钟啊，岸边银桦树噼啪响

    还露出内衣的衣领

    但我捉不住它的边际

    尽管我长着春藤的手

钟：

    不要调笑，不要徘徊

    在这圆形广场

    如今我生锈的心啊

    滴着沁凉的水

风：

    不是调笑，不是徘徊

    过去的事已在忘记中死去

    去问这盏昏黄的灯

白天也把行人照耀

钟：

　　有人一早爬上屋顶
　　去把鱼的内脏风干
　　从不去想尘黄的往事
　　和那件逝去的龙袍

风：

　　这么多的胡须和冒泡的嘴
　　是孩子们把我画在街上
　　我们本是一样苍老
　　最后会在一起埋葬

钟：

　　明天是星星的寿辰
　　邀我们到更远的日子做客
　　何不帮我铸造一匹马
　　再和我一道远走他乡

　　　　　　　　　　　1983

挽歌

众人,去追溯这些江水
螺丝般的石头鬃毛从马的脖子卷起
去追溯这些江水
像远远地望穿谣曲的源泉

众人,去唱这送葬的队伍
死亡黄袍四方吹拂
阎王大路在中间
去唱古代的公鸡房子一般大

公鸡在前,他在后面跟
他们把他端放在长凳上
而他却跑去寻找自己的吹鼓队
啊!他原是太阳的亲族

这些冷的谣曲
从水底到陆地
去追溯描金的令箭
那飘传中丧失的声音

他重回往日的宫殿
看到大铙钹从天而降

黄昏的帷幕徐徐拉开
宽袖子的吹笛手长跪在皇帝面前

公鸡在前,他在后面跟
他们给他穿上宝贵的衣裳
就像圣洁的白玉兰
泡在重阳节露水的瓶子里

他来到地下冶场
他的马也是太阳的亲族
现在他细细聆听
阎王磷火练就的声音

他们为他点起蜡烛
没有白色道士,也没有和尚引路
只有绣满大朵红花的毛毯
从沉重的木棺上披挂

他听见阎王对他说
何以带来你的脱胎木碗
何以弄灭肩上的烛光
在这黄树叶的世纪末来到

还有泥塘里焚烧的水牛
它的肩胛骨生来就像重轭
难道你情愿行乞街头

不再是丰饶土地上的务农好手

火和水同睡一个坑
灵魂的刑警在打更
如今人世在上，虚无渺茫
为何不往月宫做你的寿辰

鸡在前，他在后面跟
他们在墓前放下花圈
可他在地下已经三天
正与雾中的童子对弈

他走过多孔的痛楚的拱桥
为人生巧夺天工摇头惊叹
他还望见那龙骨的城墙
断脊在茫茫苦海的彼岸

他来到了最近的海洋
透过肮脏林立的烟囱
看到海滩翻滚着一个婴儿
拖着脐带正在把前世向往

他走访最远的祖先
问他们可曾遗失掉什么
祖先说，梦也梦不到
唯有世代的青烟一条

鸡在前，他在后面跟
现在他已无心继续行走
太阳就要升起
他要跟公鸡同上望乡台

这些冷的谣曲
在从水底到陆地
啊！去追溯这些江水吧
这些掩脸痛哭流逝的江水

1983

陆地的芦苇草

遥远而梦境的海洋
听不见溪水铮琮响
清清的溪水敲叩着天空
一颗流浪的石头铃铛

一匹漫不经心的瘦马
旅行在山腰上
踩着青青的草儿
永远像兜着自己鬃毛的篱笆

山路崎岖,荒草萋萋
悠扬的铃铛摇出了泪花
风儿为它那竹编似的空胸脯
把爱情的苦草收割

如今没有人知道它的幸福
尘世也不知道它在呕吐还是咀嚼
只是啊,只是它那耳边飘扬的枯芦苇
像一只低鸣的箭矢,唱着春天的歌曲

1983

我的情人

含泪的星星,含泪的情人
今夜你父亲的船漂泊不定
你父亲的房子醉意逼人
亲爱的,我们出去走走,这样会好受些

不要这样羞怯地啃啮着指头
我知道那是十座最美丽的家园
你的未来会有众多的爱情红葡萄
你将是一个十分出色的幸福的主妇

可是今夜你父亲实在醉得太厉害
他那单眼皮的石头使我的鸟儿惊慌
他床单上的皮鞋活像两只大黑猫
他呕吐的地方明天将长满荒草

我掏不出那颗订婚的水晶戒指
我的心漫游在茫茫海上
含泪的星星,含泪的情人
我的穷口袋里只有一本月亮的诗集

不要这样羞怯地啃啮着指头
不要低着眼睛让我心碎

亲爱的星星，亲爱的情人
我们出去走走，上哪儿都行

       1983

寄给父亲

风啊,寄给我敬爱的父亲
寄给我小镇的祖业
告诉他们,路上的村庄一闪而过
我只盼望早早回家

忠实的向日葵引诱我
转动它那阔叶的耳朵
所有的庄稼都在光中游弋
——除此感受,我只盼望早早回家

上次离别,父亲的满头白发
在梦中一直显得突然
是不是我不能守候在身旁
这种衰老才长久地折磨我的思念

那些卑微的家当
使母亲和我们都崇拜你
那间山腰上的家
想想吧,就要过着晚年,充满霞光

日子把我领进城市
虚度时光,一片茫茫

父亲啊，但愿你安详的双肩
攀绕的春藤永远枝叶茂密

但愿见到我的邻居都说：
还是一个莽撞的纯洁的小伙子
父亲，我深信我爱你，并世代相传
全中国将会变得多么美好

1983

婚约

亲人,这个春天的包袱我背上
油菜花铺盖了茫茫田野
我的芬芳的旅途
腰间箍着蜜蜂一样精致的戒指

郁郁葱葱的长风
压弯了芦苇霜白的刀刃
大地仿佛与我也有姻缘
每一阵风来都绞痛我的心灵

岁月的忧郁的森林终要走尽
大平原上更要快步如飞
我把运气换成一柄宝刀
暴风烈日把我的爱情磨炼

亲人,这个春天的包袱我背上
兜着风儿我会从头到脚地疲倦
只是现在你要祝福我一路顺风
一路顺风我再回到你的怀抱

1983

残疾的女邻居

残疾的女邻居,跟我一块长大
我们是在花朵相仿的年月出生
当她又挪动椅子坐在门槛
我已一抬腿就能跨过篱笆

一早,她的眼睛里的那双翅膀
拖过地板,房间里就有太阳冷漠地歌唱
可我一抬腿就能跨过篱笆
心中铭记一句话:奔向远方

她是天生双脚残疾,还在萎缩
我们之间怎么能存在爱情
她还要长大,直到找到她的痛苦
而我一抬腿就能跨过篱笆

这是天生的,她还要去习惯永远
被粘住在地面,被一步步地吞噬
而我一旦抬腿跨过篱笆
兴许永远不再回来:消失在远方

1983

告诉你一位好姑娘

告诉你一位好姑娘
她家住在巷子旁
巷子的一头有口肥皂的井
白色的泡沫在开放

哟,爱情的事儿说不完
白色的泡沫在开放

告诉你一位好姑娘
不是星期天不在家
退休的母亲是她家的大驳船
水流过她家门口像一条大江

哟,爱情的事儿说不完
水流过她家门口像一条大江

她父亲是个善良的镇长
她家椅子都让客人们坐满
可是不是星期天她不在家
他们想当镇长女婿也没用

哟,爱情的事儿说不完

想当镇长的女婿也没用

告诉你一位好姑娘
她就住在月亮上
她的皮肤也在月亮上
谁到她家没碰上她
谁就等于没去过她的家

哟,爱情的事儿说不完
爱情的事儿说不完

1983

外乡人

温柔的白土地,北方女郎
一早我就来向你告别
初恋的时光多么短暂
太阳出来把你融化

我是一个单纯的外乡人
生来就为美好的姻缘奔忙
我又要走了,心情悲痛
怀中的鞭子一声不响

我要走了,留下长发的驹驴
这是命运,这是诗歌
当你看见它扬起银蹄
就会看见我的前途落雪纷纷

啊,那个夜晚吉星高照
我要求住进你的茅屋
快活的心像一团火
我的五只脚敲动你的门窗

我们相亲相爱
低垂着耳朵互相听从

这是一对有福的耳朵呀
黄金的耳环，子孙满堂

我是一个单纯的外乡人
对奇异的事情总要去问卜
那个夜晚只是个幻景呀
我再也不敢祈望你做我的新娘

冰雪要消融，我回我的家
温柔的白土地，温柔的北方女郎
现在，除了再叫你一声"亲爱的"
除了再写一首诗，我就要回去安慰我寂寞的妈妈

1983

村庄

象征我国的村庄
一片镜子圆又圆
环绕而来的清风
吹开青青的田畴

蔚蓝色的大路
热的蜜蜂在低飞
从脚底去灼痛
你的思想

不要夸耀你的爱情
也不要说别处的阳光
从河底流过
那些橙汁的江水

把担子像辫子一样
留在阴影的头梳里
你可以永远受感动
但你无法理清她的脸

象征我国的村庄

一片镜子圆又圆

1983

吉他曲

那是很久以前
你不能说是什么时候
在什么地方
那是很久以前

那是很久以前
你不能说出
具体的时间和地点
那是很久以前

那是很久以前
你不能说出风和信约
是从哪里开始
你不能确定它

那是很久以前
就像你不能说出
林中的风和泥土的信约
那是很久以前

就像美好的来由
谁也说不出

让快乐陪伴你
让痛苦陪伴你

你不能说出嘴唇
是由泥土制成
还是由话儿制成
当你想说的时候

你不要说手指
当你们相遇的时候
风儿轻轻吹拂
不要说这是冰凉的

也许事情就是这样
但你不要说——
只是当你突然怀念起什么
就请你怀念着什么

1983

小雪

哈,这场小雪
多么柔美,多么飘逸
多么爽快宜人
多么会愉悦人的心灵

哈,这场雪
多么神秘,多么迷人
多么透澈得惊人
多么幼小而优雅呀

这场俏皮的
惊喜的纯洁的雪花呀
欢畅地落在灰烬上
暗绿色的门槛上

哈,这场漂亮的
眼睛似的痛苦的
轻烟似的
微妙的雪花呀

1983

第二辑
南方以北(1984—1990)

三个男孩

三个男孩,亲爱的,
那时候我们的手掌翻转,
打断了他们:看看现在
谁嘴巴上还有声音——啊
那让人保持留心的三个男孩
怎么样了——一个带回爱的苦恼
和额头上的皱纹
然而他向我们描述洁净的衣衫;
一个手持杏花,双脚
不停地一块砖头上轮流站稳,
仿佛仍处在某种假设的损失里,
然而他向我们描述素馨的头发;
剩下最后一个去了海上,
一次永久性的疼痛
使他语无伦次,甚至
至今尚未消息,
然而他向我们描述闪光的洞穴

啊,迷人的,忧伤的认识
依然是三个男孩
那时候我们的手掌翻转
打断了他们

在他们的相似之处——
然而他们终于能自己保持肃静

          1984

三个女孩

绳子挥舞，升起落下
构成一道道圆圈
有层层的光
在它的两极，站着
两个女孩

这是多年前的事儿——
飞舞着一道道光线
在原地旋转，旋转，
为了让另一个女孩
欢笑地跃入其中

现在是这样的一个女孩
这样的三个女孩
都在一上一下地跳动
都与地面保持适当的高度——
现在我们眼前
是一片叹息的海洋
海浪拍岸
翻卷冒泡
一只帆船正驰向远方

但这岂止是记忆的图景
我看见一个女孩消失了一半脸
一个女孩退出了海洋
而另一个仍悬在
悬在那个简单的媒介上
欢笑着,尖叫着——
透过层层的光
透过她们的缝隙
海洋永远在歌唱——
然而我爱她们,她们至今
仍然是一个整体

1984

睡眠的诗人

睡眠的诗人有一个睡眠的母亲
和每一个幸福的夜晚
快乐的诗人高兴听见有人
在园子里劳动,放声歌唱

谦恭的诗人回到家
日子像串串春藤爬满
骄傲的诗人摊开双手
推辞掉最后的一餐

逃亡的诗人无处不在
厄运总是追逐着他
未来的诗人胸前扎着花
所有的真理都听从他

1984

虚无的消息

我们的水牛熟悉这一带水域

它们了解防波堤的斜面

直到水底有多深

它们烂泥一般泡在水里

眼睛半浮在水面上

当船儿震颤着经过

它们沉寂的肉体

在水下虚荡一下

就像这条浑浊的江面

一天的涨潮和落潮

看上去没有两样

1984

中途

有人在码头台阶上
睡过去了
直到河水
轻舔着他们

而透过我的呼噜
有人算准了潮水
看见一只进水的船
沉入我的睡眠

1984

猩猩

猩猩走出来
哭丧着双臂
好像刚守过夜
为一颗死去的星辰

它走出来了
离开树木的洞穴
和洪流般的大地
用泥湿的背向大家致敬

它走出来了
就像刚下过一场雨
松弛的哀痛的肌肉
为我们拉开帷幕

而我们开始鼓掌
为它眼睛里的那颗星辰
为它又羞愧又猥亵
高兴得前翻后仰

1984

父亲和我

父亲和我
我们并肩走着
秋雨稍歇
和前一阵雨
像隔了多年时光

我们走在雨和雨
的间歇里
肩头清晰地靠在一起
却没有一句要说的话

我们刚从屋子里出来
所以没有一句要说的话
这是长久生活在一起造成的
滴水的声音像折下一枝细枝条

像过冬的梅花
父亲的头发已经全白
但这近似于一种灵魂
会使人不禁肃然起敬

依然是熟悉的街道

熟悉的人要举手致意
父亲和我都怀着难言的恩情
安详地走着

                        1984

晨曲

是谁在窗前注视我——
巨大的幸福使树叶不能安宁
它摇摆着身子
仿佛还要扶住才能平静

是什么声音从屋后挣响——
是铲土的声音
那个花园已着实破损
流水的缺口须要用土堵上

1984

断木

这根断木脱离树身
猝然落在瓦顶时
洒下了一大片绿叶
声音阴郁而沉闷

它危险地坠下时
宛如一声长叹
老朽的瓦顶
牙床似的为之震颤

记得当时我正在屋里
吓得像门被人踢开
与我独守的寂静,也感到
一阵沙尘使它起了变化

邻居们纷纷出来张望
并且争着议论不休
去年冬天下过一场雪
也唤起同样的好奇

但我不想到外头去说
因为它不比雪的夭折更美丽

我只想等它化为寂静
让我的屋子恢复原样

哟,就让它危险地搁在上头吧
就让它干枯于人的记忆吧
当我又快活地忙起来时
听见风在树中不停地歌唱

1985

启示

我们的时辰就像身边坠落的叶片
稍不在意就堆积满地
这些叶片摆脱了树枝
就来纠缠我们的脚步

如果这只是一种幻觉,而我们
又万事像风一样顺利
我们对此就会毫不犹豫地
欢笑地走向目的地

可往往因为烦躁或困惑
和树一样停立许久
无休止地重复单调的语言
时间就给你一身落叶的感觉

也许还会有空隙,让鸟儿啁啾
从暗里飞出,让鸟儿筑巢
也许还会有爱情,但时辰一到
这一切终将把你窒息

1985

争执

可是,到了南方的雨季降临
有如狮子猛醒在自己的时间
我才感到,在我日夜休息的地方
他已粗暴地干涉到我的生活

他走进来,不像告辞不像重逢
神魂若失地背对着我坐下
一动不动,类似一个谜
一个出鬼的不可思议的包袱

"喂!干吗这副模样,
刚才我们还招呼过呢!"
我从心底向他喊叫
那声音想起来还让人害怕

"喂,今天天气不错呀!"
没有回答,像一条空空的过道
他拒绝我的声音又似乎
伺机在我的声音里逃遁

1985

晚景

马路上没有半点声息
小小的马路像是突然静下来
像很远的日子后面出现的乡村轮廓
在一个弯月形的奇妙闪动后不见了

我不能更实在地看清什么
几步远的事物比雾还模糊
这是一片黑暗,比雾有分量
一切都像侧身而出——随后就把门关上

或许有一天我会不自觉地记起此景
满头的皱纹闪着宁静的光
或许我将在一个遥远的地方
伸出手,依然觉得陌生而不安

1985

门

隔壁那扇艰涩黯然的门重重关上
它砰的一声却把我的门给震开
因为在家时我的门总是虚掩着
所以隔壁的门只要关上一次
总会通过我们之间那堵薄似月光的墙
一下子震开我的门。记得头一次
我当真吓呆了,还多次本能地回首张望
后来到底还是习惯了
也不去抱怨这倒霉的时光
说真的,自从觉得这不是故意的侵扰
我就一直克制住自己被动的情绪
任凭门优美而驯服地靠向一旁

1985

眼镜车间

我猛然醒悟到它的深邃
有如一种遗传
偶尔会发出尖细的声音
如穿过草丛的蛇
扬起的微弱尘土
水潺潺流动,沙在流掉
它在深处形成的事物
比想象的偏离
比纠正过的玫瑰美丽
比时间的默默推移
还要小心翼翼

1985

无题

很久以来,我一直
辗转于爱情和琐事之间
在屋里,我这马尾人的面孔
变幻出许多另外的面孔

只有一张床,可我喜欢
没事就跑到外头
从窗口瞧向屋里
生活甜蜜而神秘

今天,我读着一封来信
一遍遍地嚼
我把它藏进箱子
又把它从底层翻出

院子里还格外的静
耳朵贴在墙上也会听出声音
我猛然想起了许多人
他们的名字我已好久不用

1985

心中的小曲

整条街,唯有我一人在静静地劈柴,
响声震撼着房子,
震撼着窗口里的黑暗;
整条街唯有我的声音四处激荡,
让时间在每一道刀斧声中穿过,
让朋友们在每一个远方等待,
让胳膊高高地抡起,
斧头举过头顶,
再重重地落在木柴中间。
啊!飞溅的木屑在黑暗中生辉,
而我一个人弄出了这么多响声,
真有点恐怖,但离家之前
我必须把眼下的木柴全劈光。

1985

献诗

草场上有人在装草
赤膊闪耀金光
四周空空荡荡
唯有他独自欢畅

装草人似乎很懂得
享受这大片青草
他累了就坐下来
满足地四处观望

他大清早就干起来了
把草堆得房子一般高
只是过不久将全部运走
给过冬的牲畜充槽

眼前还有更大片未割
等他记得下次再来
等他下次再来时
影子般漫游在大地的怀抱

1985

在屋顶上

屋顶厚厚的一层污垢
  拂晓时泛出绿光——
而那更加沉寂和幽暗的
  却在看不见的地方。

屋顶是那一类史书，
  厚厚的叫人望而兴叹——
还有黑暗的蜘蛛网
  在字里行间弥漫。

然而眼前还有一番光景，
  那里百年的炊烟缭绕不息，
只是小鸟已唱得更欢，仿佛它
  也有自己的一扇天窗。

或像受到一道光的怂恿
  让这新的一天有个盼头，
啊，豁然开朗，才让那歌儿
  继续一遍遍地唱。

         1985

迟到的幸福

哪个泥石匠干完活儿
把手边多出的石头
堆成一堆,或扔得远远
然后抄近路回家

哪个邻居在屋顶
迟暮间放出一群鸽子
啊,不多也不少——
做一天最后的飞翔

哪个懒虫从早睡到晚
被窝里流着口水
淌了到处,到处都是
他真是睡得心花怒放

1985

春天到了

什么声音在房间里隐隐作响
如果不是有人在墙外敲叩,用坚硬的石头
一定是冥冥中有什么在倾诉
它知道春天到了,雷鸣前
一些事物已先行离开
另一些却穿墙入室
要求说出自己的话

1985

在圆明园
——献给黑大春

有时树叶反衬着夕阳
暗影里透出光亮——
从一片树叶看得到
背后更多的树叶

有时树叶静止在
无限的静止中
像在修复着一次
长久的凝视

一片树叶落下
会有更多树叶相随
但谁能感觉其间变化
带来的局促和不安？

有时夜已完全降临
天边还留着夕阳
而我们无言地站在树下
心中同样充满回声

1985

午夜断章

1

我要越过谁的肩头去探望这个世界
或高高地站在哪颗星辰下
读一本书,用它驱散黑暗

2

我要跨越谁的栅栏
才能看见那花朵
如果它摇晃,而我正好来到

3

窗外一个捡来的声音可以用来
修补我的墙,而我怎样才能
堵住耳朵——那耳朵的洞

4

就像鞋丢在半途上
我一直在寻找
一个合适的摒弃

5
啊！屋顶上的星星
风一吹就跌下
但是更远处的星辰
一直照到黎明

                                              1985

一天

这里从不曾有河
可是决定他们去向的是一条河
这里也不曾有树枝低垂
可是他们带回了树枝

四处空空,可是今天
他们仍旧在这里凝视
凝视着不远的远处
一个可凝视之物

现在他们喘着气
如瓶中的船
他们预感要说的话
就要脱口而出

1985

黑暗的节奏

就当作是
午夜里的
两个更夫

两个影子
在说着
同一件事

就当作是
一个在敲破寂静
一个在收罗寂静

1985

我吻你

我吻你——这第一吻
吻给阔别多年的心情
第二吻是吻我们
各自变成别人
变得陌生的那部分
第三吻是吻我们
虽非天生一对
却也情投意合
第四吻吻公园的黑暗
它的孔雀颜色正在消失
第五吻有点湿
有点"苹果的滋味"
（是某位西方主教说的）*
第六吻和第七吻
因为这是星期天
上帝休息，而我们早已
不知身在何处。

                                1985

---

* 博尔赫斯在《诗艺》里谈到的贝克莱主教的一段文字："苹果的味道其实不在苹果本身——苹果本身无法品尝自己的味道——苹果的味道也不在吃的人的嘴巴里头。苹果的味道需要两者之间的联系。"

和初恋情人在屋子里

和初恋情人在屋子里
比外面的一切都更刺激
当我们彼此注视
命运也在天上注视着我们

我小心地动着她的衣扣
而她的形态很茫然
手迅速地抓向窗帘
因为那里透着一道窟窿

那是一道光就要把她
变成一个真正的女人
而那天,我终究没能把她
变成一个真正的女人

啊!那也是天生的一幕:
当她在暗中泪流成河
我仍旧默默地抚摸她
始终笨拙地亲吻她

1985

下霜

我们曾经向往星星
因而疏远土地
今夜才懂得站在窗前
看那一片片灰白
如何从天而降
慢慢地把大地落满

我们曾读着风声
然后沉默寡言
此时总算明白了
这大地的阵阵赐福
正不分彼此地
落向那些垂死的花颈
树木的顶端和丛林的缝隙深处

哦,像飞散的巢
虽说大地本是如此
却从未如此确切的白
但无论如何,此刻它
同样不分彼此地落向我们

在你的所在和你

曾经的所是之间

      1985　改于 2020

我的蝴蝶

正午,一只洁白的蝴蝶
出现在我的凝视里;
应该说早在它飞来前
我的目光已滞留此地。

一个寂静而倦怠的白昼,
竟让它带来奇怪的想法;
我呆望如废墟可曾是
它久久寻求栖落的原因?

望着它支离破碎的飞翔,
想到自己一生短暂匆忙,
我那天真虚幻的目光,
镜子般忧伤又苍白。

就这样带来变化的奥秘,
就这样独自呆望;我还想,
终有一天我会在花朵里
还原出另一个自己。

1986

鸟鸣

鸟鸣突然停止在哑巴和说话之间
在一个令人生疑的树枝手势里
和骤然落下大片叶子
一场恍如隔世的雨丝里

1986

游荡的人

今夜,他就是希望在风中掂量自己
从大地的烟囱爬出
悄悄放下梯子的那种人

                                    1986

两种更夫

1
一个喘着气
在房间的帷幕里
一个继续把床变成灾难

啊!亲爱的
你不能
视而不见

啊!亲爱的
你不能
充耳不闻

2
更夫仍然存在
并且可能
永远存在

感觉得到他
一度消失了
在夜的黑色里

但他仍然存在
他只是会同时
出现在两个地方

1986

也许是一次合唱

在房间里,窗帘的颜色
能改变一切。就像白昼
光线下的一棵树影
而我的耳畔只听到:
如果你爱我就要有勇气
把我带入这样的房间

唯一的变化是那幅窗帘
在房间里,它是我心灵的慰藉
那棵树也一样,它让小鸟
浓荫下唱得更炽热:
如果你爱我就要有勇气
把我带入这样的房间

许多年过去,换过多少房间
窗帘依旧,只是更加稀薄
树也不复存在,但是风中
一个声音时远时近:
把我带入这样的房间
如果你爱我就要有勇气

1986

街道两旁的小屋

你听那街道两旁满屋的歌声
就像行人中挤出来一团东西

你听它乱哄哄的有点沙哑
有点泣不成声,只是中间

 伴有雨点——那铺天盖地的
心慌意乱的,应接不暇的

你看那些匆匆的路人揪心的面孔
都不禁地朝向那地方

而刚才这里还尘土飞扬
现在怎么突然死寂一片

1986

回故乡

乘车回故乡的路上
每一棵树都让人敬重
大山瞌睡的眼皮下
岩石的心脏跳动
蓝天的缝隙里突然
洒下一阵阵雨点——

这或许是阳光施展了魔法
让天镜子般黑下,
让村庄一晃而过
如晃过一张呆滞的脸
让车颠得像舞台,叫人
晕头转向,下车时
半晌说不出话来

1986

你母亲和吉他

寂寞漫长的冬夜
雪花半明半暗
你母亲正伴着吉他
在房间悠闲地歌唱

她唱不在的时光
指尖上余音袅袅
她还唱着远方
那故乡的歌曲

像离枝的花朵
她探身在窗外
像旧日的情人
望着雪花发呆

就这样任由雪花
一片片飘入房间
就这样梦游似的
她在等着你回家

一支心爱的歌
一支占有的歌

你母亲和吉他

此刻已睡入梦乡

　　　　　　　　　　　1986

一支歌

一路上他都在这么想
今天我有三件奇异的事
如果我存心要忘掉
那定是我的鞋子发了疯

第一件是清晨的
有人被鸟儿唤醒
接着是城市的喧嚣升起
把鸟儿们逐渐淹没

第二件是中午所见
一个单身汉孤独的见解：
一副为爱情损坏的面孔
有着抽屉的陈腐气息

第三件是傍晚和夜晚
那是纯属心情的歌曲
歌中唱道：我有一副死人的耳朵
和一本死板的书

一路上他都在这样想：
虽然这些都是昨天的事

如果我存心要忘掉，走得远远
那一定是我的鞋子发了疯

                              1986

搭棚架写真

一整天有人在隐约地歌唱——
我知道他为何这么高兴
想必是春天了,宅院里
又要腾出地方搭起葡萄架

这院子住着几户人家
花也换过好几代,可是
透过他那不着边际的声调
中间似乎隔着一层遗忘

但这背时的话应埋在心里
他早早地在那手舞足蹈
也是凭着一副天生的性子——
哟!去年怎样今年还那样

他觉得那歌儿值得再唱一遍
好把冬天的残余尽数除掉
他觉得春天姗姗来迟了
才把熟悉的歌儿再唱一遍

1986

无题

我就要爬上芒果树
梯子靠放在枝前
我要暂时从路面上消失
到它们的高处攀绕

像风吹落叶,风吹过来
我的声音均匀地散开
听着世界,一声再见
四处便有果实纷纷落满

古老的浓重的荫影
再吐舌头也难诱惑我
你瞧我已没一丝动静
那是我在把自己隐藏

我就要爬上芒果树
你看我一边摇荡一边歌唱
偶尔还从树间伸出臂膀
但我兴许再也不愿下来

1986

散步

我就要动身离开
做一天最后的散步
西天日落将尽
要分手的天空
如同一个房屋
风将首先进驻
而我就要告别这一切
很可能不再回来

村庄也已经在
炊烟中睡死
只吐出半个月亮
而我穿过树林
带着黑暗的火焰
和睡眠的预感
很可能不再回

1986

天使

我离开时没有越过篱笆
钟声也不曾在身后敲响
但我在房门留下便条
它会殷勤地邀你进屋稍待

大烟囱在风中冒着白烟
我从外头匆匆赶回
那张便条依旧原位不动
只是落满灰尘像隔了好多时光

我不想立即就去把它摘下
虽然知道自己不再出门
也从未有过篱笆——但愿我
留下的便条会变成一朵玫瑰花

1986　改于 2020

冬天的赞词

现在,一种寂静愚蠢而伟大
就像一百个聋子在倾听
和一百个哑巴在倾诉。
而一个单身汉面对着镜子
却也有值得夸耀的地方:
哦,我年老又年轻,愚蠢又伟大,
我是一只豹子在四处游荡,
或者我是一个圣人听任
自己空守床上,空守着
就像夜晚已退回黄昏,
黄昏又使得一天更漫长!

1986　改于 2020

挖墙

在房间里,一堵堵高墙间
应该有通风的门,一扇或两扇
能并肩走过两个人,高高兴兴
需要两个肩膀那样宽大自在
让南风穿过去与另一间的北风会合
这是泥瓦匠多年前的建议

我学会了许多知识以外的东西
在房间里,一面现成的墙
如今叫人来挖掘,就好像你
终于懂得把多余的东西
都归还给土地,里里外外
再回过头来把自己改变

那些落在地面的砖土也一样
运到别处成为令人活跃的一堆
像原始人自己的金字塔
而一扇门成形,它的空间就像
房子本身的记忆新打开的空间
让南风穿过,施展孔雀的尾翎

多少年过去,我还记得那时我

似乎更愿意让门保持洞的模样
上面一道道凿子啃啮的痕迹
高兴看到它先是眼睛大小，再是
一个人，两个人，足够并肩走过
在房间里，在一堵堵高墙之间

1987

泳者

啊！我记忆中的泳者
那时候他躬身一跃
跳入水中，然而没有人
知道他什么时候冒出来
在围观者中间，那时刻
就像落下了一道帷幕

令人喝彩，那人像鱼
那时候我们都爱模仿他
在码头上，有时在屋顶上
想象着正确的姿势
而此刻他已与我们分手
独自呼吸在水下

都是为了那一刻：高高地
腾空而起，然后优美而笔直地
落下再落下——就如某种日常的
倦怠和阴影，而如今这一切
早已化为了寂静

都是为了那一刻，每个人
因此而变得酷似前者

都是为了轮流地消失,消失在
一种重量,一阵发光
一片开花的过程中
然后再孤独地冒出水面

           1987

泥瓦匠印象

但是他们全是本地人，
是泥瓦匠中的那种泥瓦匠；
同样的动作，同样的谨慎，
当他们踩过屋顶，瓦片
发出了同样的碎裂声，
再小心也会让人听见；
而等他们终于翻开屋顶，
尘埃中仿佛已升到天上。
啊！都有着同一副面孔，
都在太阳落山时消失。
都为同一件事：翻身一遍。
但这次却更像是我们的原型，
一个个笨拙地爬过屋顶，
但无论从时间还是从动作
都像已经过去了，又像
仍旧停留在夜里，
已经整整一个时代。

1987

无题

这棵葡萄树
光秃秃地
立在院中
一副死神的模样

而它的主人,
说它披着一件
看不见的衣裳
一副死神的模样

她说:它老了
老过它的年龄
啊,可怜的时光
一副死神的模样

1987

蛇一样的女人

那蛇一样的女人
也是梦中的女人
那最初扭曲的身躯
最后没有脸的表情

那蛇一样的女人
也是梦中的女人
那苟延残喘的爱情
爱情的尚未死透的树枝

1987

从傍晚到傍晚

从傍晚到傍晚
披着一件旧衣裳
我听见我的老骨头在唱:
带我去乡下做客
把我还给往日的欢乐

从傍晚到傍晚
披着一件旧衣裳
我听见我的老骨头在唱:
但愿那疯长的年龄
最后使我变得温顺

1987

夏天的篷布

就是四棵树中间的那块篷布
因为篷布方方正正四个角
拉紧在高高的枝杈上
从此有个称心的地方
噢！但愿你也能恰巧来到

因为篷布方方正正四个角
它粗糙的边沿绷紧发响
在四棵树和它们的腰肢上
叫人享受无尽的清凉
噢！但愿你也能恰巧来到

拉紧在高高的枝杈上
我们对远方的风说：吹吧
因为篷布想要飞到天上去
像断线的风筝飞到天上去
噢，但愿你也能恰巧来到

从此有个称心的地方
那是叫人倾注一生力量
才撑起的一块天庭啊

而当初的天堂也不过如此

噢,但愿你也能恰巧来到

                                            1987

蟋蟀之王

在繁星寂寞的夏夜
如果有人用耳朵听出蟋蟀
那就是我在睡眠中的名字
如果有人奔跑过一条大河
要去收回逝去的年月
那就是我,那披绿的蟋蟀之王

黄昏跃入我低垂的眼帘
就是声音回到蟋蟀心头
入睡的欢乐使人缅怀春天
被寂静衬托仿佛拥有
无数顶星辰的冠冕
因为我就是披绿的蟋蟀之王

经过深沉的思虑,如今
天上群星为我释放光芒
剔透净亮,永无止境
就像心灵的河流
在远古之乡流淌
因为我就是披绿的蟋蟀之王

哦,曾经废黜的王国

尝到了自由的清新气息
那最初的惊愕如此甜蜜
有如恋人们的彻夜欢唱
化作绵绵的春雨一场
哦,这黑暗的盛宴堪称完美
因为我就是披绿的蟋蟀之王

谁能阻止我的声音在影子里生存
谁能插手我思想的灰烬并且
为我的命运而枉自忧伤
而我唱着,唱出那岁月的空洞
和人世的转瞬间即过
因为我就是披绿的蟋蟀之王

        1987

八月的昙花

盛夏之夜转瞬即逝
你的唐突开放取悦了谁
该如何诉说你的秘密
又躲开夜的花言巧语——
你是一个处女
但你使用镜子的方式像妇人

你这幽闭的花朵
世间的尤物,怎样才能
证明你花开正旺
抑或你正在凋亡
你是一个处女
但你使用镜子的方式像妇人

你的恍惚存在
或许仅意味你自己
这才叫人如痴如狂
更不禁地枉自悲叹——
你是一个处女
但你使用镜子的方式像妇人

1987

还少一步

我心灵的舞蹈者感到了迷惘。
可能是我的脚步出了错:
哟!你不要只是指责,
不要追问我何故停下——
在阴暗的叉道口。

我对我的悲伤叹息不止,
但对心灵的舞蹈者应全力以赴:
欢跳吧,就像星星在星星上面,
在该死的遗忘上面——
在阴暗的叉道口。

1987

裸体者

当篱笆外面的喧嚣静下来
一个女人就会回到自己的坯里
在柔和静谧的阴影抚摸下
感到需要一种舞蹈,在床上或镜子前

她说,这里要有一幅黑色屏风
画着孔雀尾翎,点缀着星辰
还要有一把春天的扇子
喷发着檀木永恒的芬芳

她说,我寂寞我生来寂寞
我的双乳结实,抵得上地里农妇
我的皮肤透出大海的颜色
而我需要舞蹈,在床上或镜子前

她说:一个体面的人又怎样
我绕着自己飞,绕着自己跳
门前挂出一颗变质的星星
门后再坐下来大哭一场

1987

沉默

沉默,有时候我找到它的背后
　　在深处拾起它的石头
沉默,有时我是发生在其中的
一件事——继续拾起它的石头

基于对时光的认识
　　我深信黑暗只是一片喧哗的
找不到语言的嘴唇
　　像爱,像雪……

沉默是否就是这样一种黑暗
　　在它的阴影下,我尝试着说话
或者,我终于能拾起那块石头
远远地扔出它的肩头

1987

死过一次

台阶上忽然一声闷响
一个女人已冲出门外

但她又吓得往回跑
半晌说不出话来

这才知道是一个孩子
从上面的窗户掉下来

而等到大家都跑出来
发现事情已不能再糟时

天啦,那孩子竟然
好端端地自己爬起来

然后怪严肃地
在人群中哭出声来

1987

树和我

1
在我的思想深处
树,水一般地喧响
我常常听见它喊到我
而我的身体开始回答

然而是浑浊的回答
我看见水从我名字的音节里
一层层地浮现
而树在摇荡

然而那也是我在摇荡
我的思想进水了
我空空的身体
已发出下沉的声音

2
但是不久奇迹出现了
我听见树涌向我
而它扭曲的树枝上
果实,房间一般大

这才又有了我
坐在云端,深思熟虑
春天一样鼓胀
神话般自己敞开

不然我就像你想象中的
远方的轱辘——虽然
早已不合时宜
却多少经得起呼唤

1987

雨后

雨后屋角的几棵树开了窗,
要把寂寞驱赶,要晒晒太阳,
重扮冬天最后的角色。
往日的遮蔽已一扫而尽,
偶尔有云彩静静地飘至——
那架势似乎年年如此
就该有同样的一副光景:
让人走出门,让鸟儿栖息歌唱,
让落叶再落一遍,往更深处飘去。
而我写诗,一遍两遍,
却只为了把这些记下。

1987

南方

在南方,四处都有孩子试图
压住一只飞闪的蛾
然后抹掉像抹掉一道颜色
一段巧合的故事

在我的童年,大海无所不在
它有着疯子的掌力
它拍打岸边的房子
再把它灰尘一样从指间吹跑

1987

弯曲的树枝

我看见一棵树弯曲着蓄满影子
(其实那只是一个下坠的树枝),
我看见它的一些影子在燃烧,
另一些却酷似波浪下的静水,
死了似的在等风来掀开,
或人一样思量着如何摆动
才能倾注一生的力量;
我看见它几乎快倒在地上,
只是影子弯曲着试图爬回树上,
或扭曲地隐入空中,似乎那里
透着一道道缝隙,可供它们喘气,
享受这一天均匀的阳光。

如此阴沉沉地向大地低身,
四周没有一丝风,
只有生活本身的空无;
只有影子和影子的影子
(地底下兴许还渗透着影子)
我坐下叹息,因为这里不是天堂,
却毕竟是先人留下的一份清凉,
多少值得回来一趟;我高兴自己
终于懂得从肩头放下孩子,

让他在膝盖上歇一歇——也让他
高兴有这样一棵参天大树,
冥冥中总有什么东西在洒落,
飘飘然地,在更加浓密的另一边。

       1987 改于 2010

十月的夜

温柔的夜晚。那男人为他面前的女人
点燃蜡烛。那女人吩咐他房间里
要有音乐。他照她的话办。但还不够
她要他腾出地方好让她舞蹈。
什么舞蹈？也许是关于他们俩的舞蹈
烛火摇曳着。音乐让黑暗的视力柔软
而她的腰更柔软。未来会怎样——
什么未来？他知道她并不因此而来。
而这些并非意味着放荡。
当光透过酒杯将她的身形投射在墙上
他吃惊于她如此年轻——仿佛
在他们的年龄中间放得下一个孩子
但她并不因此而来。她要他伸出手
向着那酒杯。她要他把它从眼前移开，从桌上
从地上，从飘忽不安中，向着黑暗墙上
那颤动着的乳房——那乳房任性，果断
毫无遮挡，如上帝最初的创造

1987　改于 2020

鸬鹚的傍晚

刮风的桥墩下

二十只鸬鹚并肩打盹

江面暮色沉沉,轻风温柔地摇晃

这二十朵黑色的火焰和二十场带火焰的美梦

却不知它们的主人正在水底下幽灵般醒着

只是那睁着眼睛的身体偶尔会冒出

水面,让寂静的水面涌起

一道道金色的涟漪

1987 改于 2020

鹦鹉轶事

我知道鹦鹉听到了什么
和她印象里什么样的杯子碎了
我知道那四溅的美酒泡沫
多么酷似她浑身激动的羽毛

当鹦鹉开口说话,我知道
房间里会有一阵阵的狂笑
而她疯狂地摇晃,摇晃
伸出的舌头麻木又荒凉

一道什么样的日常风景
竟透着这般茫然——当她东张西望
我知道太阳已落幕,太阳
正慢慢地制伏鹦鹉的情绪

1988

三个泥瓦匠

大清早来了三个泥瓦匠,
灰溜溜的在听从使唤:
两个从屋脊爬过,带着扫帚
一个把石灰桶的吊绳系好。

瓦顶堆满数不清的树叶,
说是一个冬天的劲儿,
便能把一年的叶子落完,
这才叫瓦片牙齿似的腐烂。

然而今天倒是个好日子,
厚厚的云挡住了雨水,
微风把照到半途的阳光,
像轻柔的棉絮洒在地上。

他们把落叶扫成一堆,
他们把瓦片重翻一遍,
那副高兴的样子就像
终于跟穷日子算了账。

什么账?这房子的主人
心里清楚也说得明白:

旧的换掉,坏的扔掉——
瞧,瓦底下确实已经烂透!

三个泥瓦匠会心地干着
两个在上面一个在下面
那神气倒也像一年的活儿
叫他们一天时间就干完

1988

河床中的男人

我静静地来到河边,比河面高出一人
但令人吃惊的,却是暮色中的河床
一个男人半浸在水里,他笨拙而原始
的橡胶衣服不怕水,又好似一个神
沐浴在天光里。我知道那是一个凡人
在劳动,当他把湿漉漉的竹子
逐个捞起,他不在乎那东西有多重
甚至会蛇一般滑走,让河浑浊地叹息
   对他来说这是一天的活儿必须干完——
谁能叫他分两次下水干同一件事呢

只有我们俩。我看见月亮随着河水上涨
而他背上有一团暗下去的火焰
我是说,感觉到一天的结束
就应该回家,可他仍旧站得挺直
没有回答,没有动静,甚至没有影子
只有夜的黑暗在暮色中推迟降临——
它兴许还会破例降临两次。
使这里显得比别处更黑暗
然而他不在乎,对他来说

这是一天的活儿必须干完
谁能叫他分两次下水干同一件事呢

1988

看人放鸽子有感而作

桥头前面的那两个人
在放鸽子,他们刚才还
骑着单车从我背后赶上
他们张着嘴巴吃力地张望
直到鸽子认定了方向
才放心地回家
一路不留任何痕迹

不见片云
一个好得令人生疑的晴天
我看见那群鸽子
在他们走后又飞回几次
才终于坐下来叹息

啊,什么时候也让我终止奔波
选中一个满意的风景
不远也不近
把仅有的先捎回去
到了家再重新拥有

1988

海鸥

海鸥们喜欢在这里生活:
这里大海波光粼粼,
有想象的鱼群浅游
和预感的众神滑翔。

然而屏住呼吸——喜剧发生了:
空气中一股暗流袭来,
忽东忽西,背信弃义,
誓将一切统统吹向天上。

多少年过去,我还记得
那个虚假的黄金时代,
我们学着海鸥,腾云驾雾,
却不知自己在捕风捉影;

或装聋作哑,在君王旨意下
对飞翔作滑稽的模仿,
从而完成一场献祭,一顿
面目全非的天上的美餐!

1988

绿色的变奏

一场小雨泛着绿光
它飘啊洒啊仿佛在风中
在它后面是虚幻的乌云
灰色的屋顶和树林

一场小雨泛着绿光
它飘啊洒啊仿佛在风中
它给我们看乌云的虚幻
灰色的屋顶和树木的镜子

一场小雨泛着绿光
它飘啊洒啊从不落地
它隐匿在乌云帷幕里
和树木镜子的黑暗里

就这样仿佛在风中
它看上去就像一场
空空的,泛着绿光
几乎没有的小雨啊

1988

一首自我作践的歌

我的手臂又圆又长——
可到后来我才认识自己；
当我远远地离开村庄，
又望了望那炊烟魂散，
最终坐下来痛哭一场。
我的手臂又圆又长。

一个男人像虫子一样
在向我吟唱：我的妻，
可不可以替我的祖先
去和那畜生生个娃娃，
相信不会失去你的忠心。
一个男人像虫子一样。

去把往日的烛火吹暗，
去抹掉那夜醒醒的印象，
但这又能说明什么；
当他把我的身体含在嘴里，
野兽也会说出甜蜜的话。
去把往日的烛火吹暗。

老实人得到安慰不声不响，

傻瓜拾到一块泥巴也会高兴，
如今我又睡回他的床上，
让他摸，摸我的肚皮
在黑暗中鼓鼓囊囊。
老实人得到安慰不声不响。

既然我可以这样也可以那样，
我的处境只有我知道，
男人都是一路货色，
用旧的爱情像个杂货摊，
再也没有新鲜的花样。
既然我可以这样也可以那样。

        1988

出院

他们从他的眼睛里取出障碍物
分解了那里的黑暗
他们说这是最后一次会诊
说他需要一个恢复期
去适应光,颜色,形状和女人
他们绕着他一圈圈地卸掉他脸上的绷带
似乎要给他一个惊喜,但他没有
只是挤出一滴泪。他们说
这分泌物表明从此可正常地流泪
是某种新的适应之征兆——
然后他们问他怎么回家

1988

像它的开始

一根羽毛是一次独舞,
什么舞? 飞走了鸟儿
空虚的心灵之舞。
在房间里,我情不自禁,
希望能伸手抓住它,
而它再次飘起飘落。
像它的开始,它的开始。

永无止境的是那羽毛,
但它是哪只鸟匆匆留下的?
我一边坐下来叹息,
一边希望吹一口气,
将它吹得更高更远。
像它的开始,它的开始。

1988

无题

一只麻雀直扑树丛,另一只
绕着圈也消失在那里了
至于它们是否在此栖息过夜
单凭两三声叫唤我不敢肯定

1989

有房子的梦

在梦里降下的雪
覆盖了大地
也覆盖了这座
没有窗户的房子

有人疑神疑鬼地走来
说话声音虚张声势
而透过一种可见的黑暗
有人撞了墙

这才受到驱逐
在雪地里打滚
或倒立着
在光天化日的大地上

都是因为那座
没有门
没有窗户
的房子

1989

有关我们在此

有关我们在此
如同往日
开门见山地
做一次倾心的交谈——

有人预言
这是一个机会
仿佛我们
从未有过机会

然而就像山上
滚下来的石头
话语塞满了
我们的嘴

因为开始不说
说起来又太多
所以有一个瞬间
有关我们在此

有人说
我们鸦雀无声

就像世界的

鸦雀无声

                        1989

部分的黑暗

这部分的黑暗
只是一个比喻
就像你透过酒杯
隐隐地看到
一个男人扭曲
三个男人扭曲
和一个女人的嘴变形——
那吃惊的形状
所意味的那样

1989

为了他竟如此贪恋睡眠

为了他竟如此贪恋睡眠
醒后却还紧闭着双眼
为了窗外的一群鸟
四面八方地急急涌来
诊断他的后花园
为了他脸上有一棵受伤的树
的一半的投影
和一颗莫名下坠的苹果
那绿色的死因
为了同室早已灰溜溜起床走了
而他仍像上班族的上帝
在云间翻身叹息
感到此刻需要女人
才去脑海生造一个女人——
我开始学会
赞美这个星期天

1989

在病中

我在你无语时有如
小小池塘里的一条鱼
习惯了一种注视

看见你移动,我也移动
只是在你的意识里
以为我总是不在

当你看一件东西
竟能看那么久,就像那东西
比空白可爱。

你突然喊出一声。我总会
冒出水面——或者继续
在你的沉默里

游向更深处
游向共同的血缘
那是某个水域

充满了回声和盲点

而你知道

我总在那里

　　　　　　　　　　　　1989

种种邀请
　　——献给弗洛斯特

要不托人告诉你
要不写信
或用一次闪光
或留下一顶帽子

弗洛斯特
这只是暂时分别
迟早我还会回来
踩响你的树枝

1989

两种存在

要是八月的满园流萤
把黑暗中的花朵轻唤
寂静的蜗牛爬上屋顶
就会有一颗扁平的星
闪烁。要是两只酒杯
通宵达旦,叮叮当当
不断发出干杯的光芒
就会有一个男人飘飘
欲仙和一个女人倾倒
她的心已经碎了,她
的肚子将会湖一般大

1989

留步

什么样的事物在沉寂
有着风吹的迹象——当她
想到我的离开,又不由地
喊出一声:"请留步"

多么动人的一场告别
当我们善意地分手
身前身后落下大片叶子
就在那空空的过道上

就像某人精心策划
悬挂在秋天的画廊
她如天上云彩完好如初
而我的表情淡定,一丝不苟

1989

风景

经过多年的失望
我终于搬走了窗口
但仔细一想,事实上
搬走的只是它的框架

黑洞洞的,世界仍在原处
可我毕竟已经离开
在它的远方行走
背负它的窗子框架

天边飞过相似的候鸟
想象当年的我也一样
重复地走过这个或那个远方
背负着自己的窗子框架

1989

洪水的故事

当初，洪水来过，一个世纪后
又把我们从台阶上惊起
先是不到膝盖一半，女人们
都只是轻撩裙子，鞋端在手上
来了，似乎只是来重复一下往事
来了，漫过街巷，让大小灰尘浮起
让深处的泥土开腔说话，重新浑浊一遍
而那时我在屋里，看见父亲
从床底拖出几箱重物，堆到床上
又很快把它们放回。那一天
若说受了惊吓，也不过是
小小岁月中换一条床单，寂静
寂静仍旧是廉洁的，而等五月过去
洪水就会静静地归入大海

而接下来的几个五月加快
和父亲去世后变得沉默
和山里的报信人跑来，那一天
我正在睡觉，他们已打开天窗
要把厨房搬到屋顶，要升起火
让彼岸的人知道我们在这里
　"没有更好的地方了"——这是

父亲生前的话，现在重新回荡
而此刻，如果有人溺水失踪
那他一定正在海上漂浮，而往日
幽暗的街角，也一定有人提灯撑船
送来永久的救济：那一天
和今后的每一天

1989

夜已完全静下来

夜已完全静下来
黑暗的工作开始了
听觉将在那里被挖掘
听觉的坟墓也将被挖掘
在这里没有声音也还是有声音

1989

界限

蝴蝶,它翅膀上
花儿般的眼睛一眨
便可在我们中间
留下<u>丝丝</u>骚情

有人陷入尴尬
有人神志方醒
有人尚未坐定
已站起来介绍自己

1989

裙子

夏天骑车逛街时,下着雨
他看见一条裙子
撩起来,怕碰着轮子
多么漂亮的裙子
缀着花边,白色的,撩起来
露出更白的腿
雨又下过几阵;他看见
同样的一双腿,同样干净的花边
仍然怕弄脏,撩过膝盖
但这一次有风,让人想象那遮盖的部分
是一个空空的殿堂
一个纤腰在上面扭动
好似一个杯子一种光线
而更上面则是火焰——
这样的想象令他惊慌
一个陌生的女人
一块普通颜色的绸布,白色的
缀着花边,样子像泡沫
这些都让他丢了魂似的回到家
再把妻子重新熟悉一遍

1989

我的手

不知为什么我突然想起我的手
就像以往莫名地记忆起
屋顶上的烟囱（仿佛是错觉）的烟
一次之后就会有许多次

现在，我想起了我的手
感觉到它的存在多么坦然
它放在那里，放在它的深处
它又是多么容易摆动起来

它在自己的重量上显得格外重要
它是它自己存在的原因
它慢慢地转动直到适当的位置
又与外界的变化仍旧保持联系

它明摆着与许多易逝的事物有关
当我们终于疲于一种交换
让远方寂寞，它就会通过震颤
在一个破损处重新找到我们

1989

狐狸中的狐狸

你可能要到我这里来
你并不知道我是否在此
你按照惯例,准备等待
你的行动内部仿佛
早有一条常规的走廊

我也习惯了在你身边的一条路上
隐藏,在寂静的花朵后面
如今,我是多么容易感到自己
已不再是你的,而仅仅是你的
狐狸中一只逃离的狐狸

当我的周围只能用假设来证实
我的眼睛确实看见了你
已掠过那扇门
我又是多么容易为自己
又要现出身来感到欢乐

1989

那时他还小

那时候他还小,在一个雨天
当他睡着了,我把他放下
当他自己爬起,双手抓向墙壁
我看见他又摇摇晃晃
跌回到阴影里,屁股上
一块红色的哭泣的印记
我给他重新盖上被单
他就用脚踢开,我躺下
用扇子扇他躁动的身体
结果却自己在一边睡去
可是当我听到有人喊:
"那是谁家的孩子?"
他已身悬窗外,双手
紧紧攥住一根晒衣绳
不上也不下,不上也不下
叫来梯子也够不着——

多少日子,母亲一直祈祷
又默认这桩事儿。怎么办
就是不敢从窗户探出身
或冒失地下楼再跑到街上
去叫去喊。而父亲正打老远

从外头赶到，又生怕让他
看见了会突然松手落下
这才在人群里藏起半边脸
肩膀被人死死地抓住
我还依稀记得那天街上
到处是嘴上叼着烟斗的人
而雨就下在那云状的人群里
而一个孩子那么小，小到起皱
小到可以放进口袋里
小到可以是每一个父亲
头顶上的每一个孩子
和每一个母亲腋下的每一个孩子
小到可以任意地抚摸
而不至于匆匆飘落——
即便飘落了，一块巴掌大的东西
也应该能让人一把接上

甚至小的不需要回答
任何关于生死的问题
而这样保持着无知
不要知道自己发生了什么
却也是一种天生的固执
而一个人要怎样才能撑下来
今天我回忆起那一幕
冥冥中还仿佛看得见
这样一个孩子在到处悬荡着

在风中咝咝地响。同样的小
小得起皱。同样不上不下
脸上同样有天使翅膀的影子
同样叫人提心吊胆,
只是更揪心更尴尬——
啊原谅他吧,他曾经是我

1989—2020*

---

* 此诗改写旧作《一桩往事》。

两块颜色不同的泥土（修订版）

1

两块颜色不同的泥土要制成陶——
怎么办？一个红色一个黑色
是昨天一个陶艺师傅亲手所赠
我当时有一番感激的话对他细诉：
一块红色一块黑色今后会升天
可当我说我想造一对亚当和夏娃
他说：上帝知道那是什么样的趣向

2

都裂着缝；表面上是互相陌生
的两种颜色，又彼此间存在着默契
我想到男人和女人，深知他们的确切存在
意味着那双弄凹他们的手
可当我说这正是爱的开端
他说：上帝知道那是什么样的趣向

3

我一边揉捏一边自言自语
我说泥土醒来了，却仍旧紧闭双眼

我说我手上跳动着火焰，就像
脉搏一样现实，可是当我说
但愿我能够赋予它们形状和性格
他说：上帝知道那是什么样的趣向

4

我不知道自己还说了什么，但我记得
那时我口无遮拦——事实上我还说
这是一个几乎没有的起点，尽管
仍存在距离，仍带着许多盲目性
为此我们必须展开艰巨而漫长的工作
可当我还要说出什么时，他便吐口水

5

口水溅在泥土上。他说：也许当初上帝
也是这么做的——然后自己跳开
他说：也许一个劳动者企图阐述的一种劳动
不过是让一种黏性一种湿度一种重量
最终还原上帝的一场儿戏
而上帝知道那是什么样的趣向

1989　改于 2015

象征

那匹马，我存心接近过两次
是两个白昼中的同一匹马
那高高的长着翅膀的背
那无辜的受挫的屁股

啊！那匹马从天而降
昨天它还闪闪发光
今天已变成仅仅用来
搬运干草的黯淡的牲口

那匹马已不再是马
而我真心实意，受诱惑的脸
一次充满了惊异
一次却是异常地羞愧

1989　改于 2020

方式

在我尚未露面与你相会
你会看到篱墙上的烟
忽东忽西隐匿在
自己的欢乐里

亲爱的,这也是风
正在借助一根琴弦
谛听自身之外的声音
再让时间绷得紧紧

这也是光适时地
透过窗帘的轻拂
所能赐予我们的
一日之爱的方式

1990

无题

我的脚步在想象中
踏遍这里大片的落叶
但是此刻我已熟悉这里
知道它的林子有多深

我轻盈地大步跨过
许多相似的叶片
它们的沙沙响声
应和这冬天的大地

而这些就像一支曲子
不久将被落叶覆盖
但无论如何,我心愿已了
只怕此生再不会回来

1990

少女踩过冰冻的草坪

少女踩过冰冻的草坪
细微的脆裂声传入体内

那不是蛇的咝咝声
那是雪缝里仿佛有知觉的草

发出水晶般的喊叫
而某些东西

确实镜子般碎裂了
正如那少女所震惊

和预感的。哟,上帝
在你轻妙的足迹里时光流逝

而那少女晶莹剔透
她正思量着如何踩过

再踩过,而我们一旦注视她
也许就能喊出你的全部名字

1990

回忆

我半躺着,床旁镜子里站着一个女人
她高过镜子一倍,只看得见她的
腰,和一半的乳房

她很美,美过镜子里的天空
美得令人窒息
那腰以及那一半的乳房

就这样占据了整个镜子
而我半躺着
仿佛生活在水底

她真是太美,从未显露全部
如果她低下身看自己
乌亮的头发,悄无声息地再看看我

我就会死亡,或起身叹息
像先人留在坟墓里的
一把梳子

1990

除草
　　——悼念父亲

让我们回到
简单又简单的
事物中

让我们从草开始
它生长于此
就像"我来了"——

然后离开
就像我是你的
一个儿子

然而我们得从头开始
那是草,那是石头
那是天空

1990

日常生活

一天,屋里多出了许多人
那是由于镜子太多

这令他很苦恼
他决定搬走它们

然而镜子,一旦你搬动
它会变得更多

不仅如此,一面面让人
小心翼翼搬动的镜子

都施加了魔法——就像希望
人从上面完全消失

是不可能的。他恍然大悟
停止冲着它们喊,张开的嘴

吐出最后一团灰尘
久久不能落定,像暴君

在尖叫的一刻
突然凝固在镜子的锋芒里

        1990

吃橙子的人
　　——看德国画家巴塞利茨的画有感而作

吃橙子的人即便颠倒过来
也还是吃橙子的人
瞧他半裸身子,漫不经心
像个原始人

吃橙子的人即便颠倒过来
也还是吃橙子的人
然而重要的是他像原始人
和最后抹嘴的姿势

就像什么也没有发生——
重要的是他在吃
在专心致志地吮吸
那满足的表情,遗忘的表情

啊!果汁四溅。然而重要的是
眼下必须吃掉全部
和在某种光线下
给人身临其境的感觉

嘴巴,满是牙齿
里面一个湿漉漉的世界

都要溢出来了！然而重要的是
没有什么可以影响他

像君王一样吃到了树上
像君王，吃得满地都是
而他对此竟然能够
长时间地浑然不觉

1990

未完成的笼子

他终日摆弄着
那个未完成的笼子——
一门世袭的手艺
玲珑又轻巧

他凭着记忆
又是折又是编
翻来覆去
得心应手

而透过那笼子
天知道
他还有什么
其他的心事呢

就这样一桩悠闲
漫长的活计啊
在他流水般的
手指间辗转

1990

像兄弟一样

像兄弟一样,当我们沿途相遇
凝视着彼此相似的羊群

我们的瞳孔便会变小——
啊,世界真小

但是当我们龇牙咧嘴
引来共同的水源

便会有一个更小的世界
凸现在我们的盯视里

可是,像兄弟一样
当我们终于得以坐下来

风中欢笑地抖开孩子
有人袖手旁观,有人沉默地跑开

而羊群惊慌失措,因为
远方隐隐作响,不似打雷

是我们的祖辈在层层雾障中

目睹着天使在斗殴

而上帝继续隐匿在云端
始终一言不发

        1990

倾斜的房子

当房子摇晃,墙壁就会出现裂缝
塞得进一只手指

这是我在房间里的幻觉
冥冥中仿佛要发生什么

这也是房子在风中的姿势
忽东忽西,让人不由地跳出窗口

都说世间一切终究归于尘土
可它至今还留在那里

都说是我自己冒失,当房子摇晃
说我像孤儿,每次都跑得远远

然后在人群里摇身一变
变成远方的一只兔子

1990

致母亲

我还是那样悄悄地回来
给你带回你现实的儿子
给你讲述外边的事情
或把书读出声——一本《红楼梦》
父亲生前的床头书
他曾经爱不释手,仿佛
总是理解不够

现在读来,才知道那是他
晚年的催眠术。坚持了很久
直到一天晨跑回家
突然心脏不适,躺倒在
床上,甚至来不及把目光
从天花板移开
回到昨天那一页

事实上哪页都行
总是那么随和
总能读下去,如行云流水
或如他不修边幅
轻描淡写的一生

啊，没有另一个父亲
然而母亲，当我读着书
一边劝你搬出那房间
把它从主卧室变成客厅
一边将你从我手中
移到别处的风景
以为那是面对现实的
一个法宝，却发现你在变小
像瓶子中的瓶子
又无限可能地大

这好像你在父亲灵魂里的灵魂
一时间很难走出来
直到很久，我再次回家
看见你堆着杂物，表情平静
我才如获启示
终于感激这琐屑的生活
于是目光投向你膝旁
看看还有什么可以移开

1990

怀念

逝去的事物
蚂蚁们又把它们
静悄悄地搬回来

有时我们仍可瞧见
门前流淌着一条蚂蚁的河
和它们河底的蓝宝石

和我们曾经摆放在
早餐桌上的那份甜食
嗅到冬天的殷勤的气味

1990

水仙花蜷曲的叶子

水仙花默不作声
她召唤我们用她蜷曲的叶子
多么纤巧,多么舒展
仿佛撩动着丝丝骚情

她在水中微颤着
她那通往花朵的茎
这才让我们的眼睛充盈
她昭示着一场天堂的火焰

却从未吐露她的身世和芳龄
——这些怎不叫人窒息
只是当她完全寂静
我们也愿守口如瓶

1990　改于 2020

第三辑
纽约诗抄（1990—1998）

几乎是一种陈述

这个世界忙于降雪
它几乎像一场陈述:
我有一支白色的歌
我有一支放荡的歌

这个世界忙于降雪
它几乎像一场陈述:
我需要不停地唱
我需要反复地唱

就这样一阵白过一阵
但太多太多的雪
把窗口都封住了
把房子变成坟墓

这个世界忙于降雪
无论白天和夜晚
它几乎像一场爱
它几乎像一生的许诺

1990

一次见证

我曾经长久地注视她:
一个孩子,当她用手掌
压住一只飞蛾
将它从地上抹去
如同抹掉一道颜色
惊奇中又留下更多
然而我的心没有
随着她而欣喜若狂
或跳动得更加厉害

但是我不知道,我如此
继续保持冷静可曾是
一次蓄意的纵容——
我只是在多年后
看着她瞳孔放大
一副要哭的样子
才终于伸出手,并一把
抓住了她成长的秘密

1990

一月

从低沉的天空偶尔可以看见
鸟儿在努力飞高,双翅愈变愈小
但分辨得出,那是它在那里
一上一下地拍打,它在那里
游向更高处,它在那里飞过
并证实了你以为是云的,并不是云
而是一块光的田畴;天有多高
没有意义——这个——它不会
与你一样尽量去弄明白,但是倘若
那悠闲的姿态一下子变得严峻而冷静
那黑色的一点,会让你在窗前预感到什么
你的心也会因此留下一个印象:
"鸟儿已飞过天空,我迟早
也得从这里离开。"

1990

在另一个冬天

在另一个冬天。他再也不缺什么。
虽然他始终还是一个鞋匠。
保持一个鞋匠的分寸和形象并不容易。
他可以满意了。一生的自由是什么,无非是
一场漂亮的雪。一双变换着气味的鞋——
这样说也许合适,但他从不曾说过这样的话。
他只是找到了嘴上想表达的意思。
他仍旧用手比画着的
就是这个意思。

1990

时差之诗

我决定把足够喝一杯
　水的时间出让给大海
如果可能,我还可以一天
　守候两场日出

1991

房东太太的后花园

秋天,一阵风成形
在房东太太的
后花园

为此我写过
一首诗
一次遥远的表白

风已成形
日子简化
诗化为虚无

如今
我进进出出
付着房租
每次都说一番感激的话

1991

继承

几乎可以从一颗苹果开始——它被咬过一口
一个年龄最大的孩子转身跑开
害怕被发现
在桌上,苹果留下来——
这之间又多出了几道缺口
啊!消失了多少孩子,父亲
可是在你习惯训斥的夜色里
我们曾经羞于承认
我们曾经贫穷,会发光,祈求不要这样
但是这些仍然阻止不了
那个最后的孩子消失
啊父亲
我们总是先学会失去
然后才开始珍惜
几乎没有一个例外

1991

十一月的向导

告诉你我不过是个异乡人
只知道要去的是座岛屿
后来主人却称它是村子
几棵树围成一片林子
林子外又是林子
而海就在方圆几里外翻卷

这些老而又老的房屋
在汽车里老远就能看到
只是它们的主人多半不住这里
一年也难得跑回几趟——
闲着,闲着这么个好地方
而海就在方圆几里外翻卷

这里安静得好似一段故事
一段故事的终结,令人向往
相传百年前的某一天
海啸卷走村上的一半房子
卷进海底,其中还有一座教堂
而海就在方圆几里外翻卷

房地产商人跑了,像落叶一样

当地人跑了,像落叶一样
但是不久又都回来——
跟走的时候没有两样
哟,天知道外边发生了什么
而海就在方圆几里外翻卷

更多的人也来了。他们
围起篱笆,造出更好的教堂
海边,海边的那些游艇
也都放着鱼竿,像模像样
这是有钱人喜欢这样玩
而海就在方圆几里外翻卷

因为白天有鸟,夜晚有星星
有钱人有钱,花得起这些
而真正的当地人都已变老
因为每天傍晚他们都在念叨
念叨那阵阵钟声从海面上传来——
他们说着那沉入海底的教堂

而海就在方圆几里外翻卷

1991

纽约

纽约,到处是找房子的人
而我是其中一个。我确信
我撕下了一角广告正在朝着
上面的电话号码驰去

纽约,我已飞展翅膀,然而我
仍旧在我厌倦的事物中穿行
在加快油门中耗尽精力
在轮胎后面消失

纽约,我总是被一声"到了"喊住
一种茫然回家的感觉
当我回头,后座上的女人
嘴洞里正冒着呛人的烟

纽约,到处都有人说"到了"
我才如此昂贵地继续
不惜一切地挤进你
已被堵得水泄不通的天堂

1992

曼哈顿

如果在夜晚的曼哈顿
　　和罗斯福岛之间
一只巨大的海鸟
　　正在缓缓地滑翔,无声

无息;如果这是一个
　　又刮风又降雪的夜晚
我不知道这只迷惘的海鸟
　　是不是一时冲动

这是两个透亮的城市
　　中间是不断缩小的海
在夜晚,如果鸟儿
　　仅仅是想适应一下如何

在一道道光的缝隙里生存
　　抑或借助光和雪
去追随黑暗中的鱼群
　　那么,但愿它如愿以偿

如果我还惊奇地发现,这只鸟
　　翅膀底下的腋窝是白色的

我就找到了我的孤独

　在曼哈顿和罗斯福岛之间

1992

冻门

在镇上,一座荒废多年的土屋
印象中不过肩膀高,七八间房
都露了天,这正好是孩子们
逃学的好去处,他们跑来
搬进石块又逐个地往外扔
砸到谁,谁倒霉。现在轮到你
独自躲进去,好叫大家一间间地找
找不到,干脆扔石头试探
所有可能的角落,或者祈求来场雨
让雨赶出兔子,再一下子抓住不放
但来的却是父亲,吓跑的却是自己
父亲的威力是寂静。说来奇怪:
父亲只稍轻轻一站,你就立即现身

冬天,下起漫天雪,一片苍茫
冻住了门。只关上半个房间
后来房间也消失了,肩膀高,都埋进雪
辨认、辨认不出这里和那里
兴许这是大自然的风和雪
在模仿孩子们的游戏,当孩子们睡去
房子已变成了坟墓,那些我们以为
是房间的,现在不过是一片虚无

到处都不再有区别,而你必须放弃
你已经是大人了,这是父亲坐着
在饭桌上说的。远近镇上到处
都有人在劝说。而我不是那个孩子
在我的梦中那扇门早已自己豁然敞开

1992

古琴

那里,一具形状怪异的古琴
当他把它挂在墙上
墙上就仿佛出现了一个洞穴——
房间里多出一个洞穴的生活
他不愿意这样,这是白天

晚上,他手痒,试图弹奏它
想象人们坐成一堆,等着喝彩
想象古代夜晚的情景
但没有人,琴也不听使唤
他不愿这样,他把它挂向

风中,睡觉前希望它产生魔术
但没有魔术,只是他自己在睡去
他梦见有人在风中挖掘着音乐
而他的身体就是在这样的音乐中
像一块逐渐消失了重量的石头

幽暗而空洞,这是在他惊醒时喊
他又把琴随便放在一个地方
但耳朵里仍然有人在挖掘

声音像白天一样遥远,像地狱里
盲人音乐家的手指。他不愿意这样

           1992

纽约今夜有雪

纽约今夜有雪——那又怎样
我们眼睛里的黑暗将首先降临
不是在曼哈顿和罗斯福岛
也不在其他任何地方

整个匆忙的一天尚未过去
但我们已准备放下手中活
至少开始等待并感觉到
今夜将是一年中最黑暗的一夜

我们看见鸟儿飞过天边
想必它们也知道天气的变化
慌乱中寻找一次降落
就像我们眼睛里的黑暗

会在什么地方——大家都在说
纽约今夜有雪。此事虽未证实
但有一点是:明天我们不是被雪覆盖
就是被自己的黑暗完全笼罩

1992

街头音乐

他们只是让音乐
在一边放着
他们把车停泊路旁
那响亮的黑色吉普

他们也围住音乐
踩着节拍
但多数时候是音乐
在独自响着

那条街已漂出了
街的意义之外
像被掏空的巢
飞离了树枝

音乐的通宵达旦的力量
支撑着那群幽暗的躯体
他们聚合又离散
却始终在那条街上

音乐还支撑另一些
路边的流浪汉

他们恢复了行走

在没有睡眠的梦乡

          1992

看房子归来有感而作

两座房子,我都喜欢:

一座靠近地铁,离曼哈顿

十五分钟,就像广告上说的

"是您理想的选择"

(当然,这句话总在你来去之间)

另一处,远在海边

偏僻孤单,有海风带来潮湿

有海的喘息帮助睡眠

还有月亮清光缕缕

照进房间,装饰着黑暗

和墙上的裂缝,这些都适合你

对寂静的冥想

都有着美好的允诺——

两座房子,我都喜欢

所以哪一天,你如果恰巧

看见我从一扇门前躬身退出

又在遥远海滩上翻滚

那就一定是我正在痛苦

正在寻找理由去决定

如何体面地辞退其中一个

         1992

勤奋的玻璃工人

比想象的要早——他
几天前来过一次,忘了带
尺子,只好用手上下比画
把尺寸记下

接着整个星期过去
再没有他的消息
我想,那些窗户恐怕他
迟早还要再来量一次

"同样的尺寸,一共两扇!"
这是我在大声喊——
那时我在后院的花园
而他已经爬了上去

而此刻轮到他冲我喊
在那片玻璃外面
在不断地变化手势
想来需要某种帮助

一个哑巴,又腾不出手
那样子像冻住似的

中间隔着一个季节
背后的雪里停泊着汽车

多年之后,我还记得这一幕
那一天,我还在睡觉
他已装好玻璃,房间
顿时变得清新,温暖

1992

鲸鱼

冬夜,一群鲸鱼袭入村庄
静悄悄地占有了陆地一半
像门前的山,劝也劝不走
怎么办,就是不愿离开此地
黑暗,固执,不回答。干脆去
对准它们的嘴巴的深洞吼
但听到的多半是人自己的声音
用灯照它们的眼睛:一个受禁锢的海
用手试探它们的神秘重量
力量丧失,化为虚无,无边无际
怎么办,就是不愿离开一步
就是要来与我们一道生活
甚至不让我们赶在早餐之前
替它们招来潮汐,就这样
这些神一样硕大的身躯
拦在我们跟前,拖延着时间
打开窗口,海就在几米之外
但从它们的眼睛看,它们并不欢迎
它们制造了一次历史性的自杀
死了。死加上它们自己的重量
久久地压迫大地的心脏
像门前的山,人们搬来工具

放下梯子，发誓把它们的脂肪
加工成灯油，送给教堂
剩下的给家庭，人们像挖洞
从洞挖向洞，都朝着大海方向
像挖土，但土会越挖越多
如果碰到石头（那些令人争议
的骨头）就取出，砌到墙上，变得
不起眼，变成历史，变成遗址——啊
四处，四处都散发着鱼肉的腥味
和真理的薄荷味，哪怕在今天
那些行动仍具有说服力
至少不像鲸鱼，它们夜一般的突然降临
可疑，而且令人沮丧

        1992

河马

河马从水面升起
我们希望它继续升起
一遍两遍,直到确认它在哪里
和它那酣睡的音乐

冬天,它那宽阔的背
需要爱抚,需要拨弄
或者,河马应该在栏杆里升起
像真理

啊!至少河马在水面上梳理
把它的石头皱纹和水的皱纹
加以区分是必要的
它那黑夜的颜色和水的玻璃颜色

但是此刻河马在哪里
我们期待它水下的祈祷结束
啊!至少河马应该像教堂
当它升起,天空有翅膀的影子

大地湿漉漉一片,而我们眼睛如梦
继续摇晃在它的阴影里;而冬天

将重新估量它,用一种失落感
或一大堆过剩的干草

或者河马应该这样升起
像它往昔裹在云彩里的家——在那里
另一些夏天的河马雨一般降临
一阵阵的,又几乎不曾落地

在那里,它们喝彩而我们在水下
屏住呼吸———一切恰如其分
而世界巨大的肉体的质问
终将在那里归于沉寂

1992

解冻

一块石头被认为待在山上
不会滚下来,这是谎言
春天,它开始真正的移动
前年夏天它在更高的山顶
我警惕它的每一丝动静
地面的影子,它的可疑的支撑点
不像梦里,在梦里它压住我
或驱赶我跌入空无一人的世界
而现在到处是三五成群的蜥蜴
在逃窜,仿佛石头每动一步
就有一道无声的咒语
命令你从世界上消失,带着
身上斑斑点点的光和几块残雪
而一旦石头发出呼叫,草木瑟瑟发抖
它那早被预言过的疯子本性
以及它那石头的苍老和顽固
就会立即显现,恢复蹦跳
这时你不能再说:继续
待在那里。你应该躲开
你会看见一块石头古里古怪
时隐时现,半途中碎成两半
最后像一个饥渴的家族

咕咚咕咚地滚到山底下聚会
在一条溪里。这是石头的生活
当它们在山上滚动
一块笔直向下,落入梯田
一块在山路台阶上擦伤了自己
又在深暗的草丛柔软地升起
一块又圆又滑,轻盈的蓝色的影子
沾在草尖上犹如鲜血滴滴
我想就是这些石头,不像在天上
也不像在教堂,可以成为我们的偶像
它们只是滚动着,一会儿这里
一会儿那里,一会儿在我们的梦中
在我们的上面画着眼睛的屋顶——
而正是这些,我们才得知山坡
正在解冻,并避免了一场灾难

1992

群山的欢乐

这无穷尽的山峦有我们的音乐
一棵美丽而静止的树
一块有蓝色裂痕的云
一个燃烧着下坠的天使
它的翅膀将会熔化
滴落在乱石堆中
为此我们听见群峰在夜里涌动
白天时又坐落原处
俯首听命。我们还听见
山顶上石头在繁殖
散发出星光,而千百年来
压在山底下的那块巨石
昏暗中犹如翻倒的坛子
有适量的水在上面流淌
满足着时间——
然而用不了多久
这些东西都将化为虚无
我们苦苦寻觅的音乐还会消失
我们将重新躺在一起
接受梦的爱抚
她关心我们的身体
要把我们托回摇篮

她甚至对那些滚下山的石头
也有恰当的祷词,让它们重新回到山上
恢复其石头本性,哟石头
我们听到:就放在这里:
这春天里的你和我

            1993

天鹅

圣诞节前的一个傍晚,小镇附近海面
一群天鹅游弋;它们十几只,足够可以
在一起过冬。波光中,它们的逐渐靠近
使一座房子生辉。那是童年的事了
那时大家不懂得孤独,只知一味地玩
直到潮湿的春天,来了个流浪汉,一身雪
要求住下来,又好像要将自己在屋子里埋葬
而等他终于睡着,大家才感到了某种释放——
今天我驱车回家,车灯扫过那座房子,这又记起他
那一天,房间里多出一个人,像上帝
照亮了孩子们,又顷刻间把他们驱散
而那些天鹅,十几只,没有飞远,没有害怕
也没有羞怯,仍旧一副岁月悠悠的模样
仍旧期待着,期待房间恢复光亮,只是
风吹落了它们羽毛上的黑暗
纷纷扬扬还带着降雪的迹象

1993

转述的诗

1

纽约,一个星期天早晨,因为迟起
我才梦见诗歌几句。诗闪着光。
但它不像从现实的抽屉抽出
恶狠狠地端在手上。也不像天降神谕
要把人都收回到天上。
它更似到处滴滴答答的雨点
只是中间透着几分凉意
昏暗里才映入眼帘——但它分明是诗
分着段,分着行,忽隐忽现
叫苍白的字里行间恍如隔世
叫你生活其间的世界渺不足道。
这是轻浮的一幕,然而它
如此细雨般地落在纸上
最后竟未留下只言片语
这才让我惊叹不已。
我记得那天在床上翻来覆去
渴望着,渴望长时间地触摸和抵达
可当我的眼睛虔诚地下沉
身体却已被愤怒地提出水面。

2

她手里抓住自言自语时
不经意地摊开的那件淡白色睡衣。
这是一天的后半天。她白日梦般的
黑色眸子正转变成褐色。
她会随时离开。但是她那可见性的
来回走动,却始终给人不动的印象。
她赤裸,一丝不挂,隔着那道街窗。
她不易被窥视,除非她把自己点亮。
上帝知道她身上天生有一种绝望。
她把绝望像一把受潮的琴轻放在琴盒里。
她真是寂寞孤独惯了。至少这段时间是这样的。
她在她那有着很多房间的房子里
曾经这样说:"在这所空荡的房子
我只喜欢这间令灵魂安静的房间
如果那也算是房间的话。"指的是她的浴室。
她说:"当我淋浴,瞪见水从身上缓缓流下
淌得满地,我就想着,如何才能在生活中
获得一支可以在水中写字的笔。"

3

就像蓄谋已久,临窗的那段
百老汇街道发生了爆炸。
有两百码长。所有下水道的煤气管
以及所有埋伏的零件都跟着腾空飞起。

"你看得见那地方已被死死围住。
一排排刷着荧光颜色的挡板写着危险两个字。"
两道浓烟散发着煤气蓝色的气味。
"有好些天了,部分居民已被及时疏导
但仍有一部分不愿离开的人。"不可思议。
"你住过电梯房,但是电梯不走了。"
街灯不分昼夜地亮着。街上的人
成群结伙地走着。"哟,离开此地。"
地铁地狱般张着口。
而穿过它一场音乐会开始了。只是
它节目单上的天堂正在推迟
和一个异乡人的神祇正在从
这座城市另一端出口悄然离去
留下那末日般疾驶的车流
一半震惊于可怕的自我轰鸣
一半已完全陷入了瘫痪。

1993

荷花别赋

那夜绵绵细雨撒在地面上
把水变成了预言:
一幅残荷图
一次睡眠般的漂流

那夜一个男人自愿离家背井
他走进一个女人的房间
她是残荷图的作者
和一把潮湿的小提琴的主人

那夜是一次古老的歌唱
不过他们的心灵更古老
当她回首,一道目光
犹如岁末的雨的盲点

打在另一个尤利西斯
陌生的面孔上

1998

精灵的湖

雨的彻夜抽打使湖的倾听
一阵阵地趋于透明
但是荷花涟漪泛白的身体
仍旧深陷在叹息里

类似的事也发生在山中池塘
那里树影叠叠
中间还有一张脸
为我俯身时所常常瞥见

而在一个更遥远的梦里
有人走出房子
凝视起房子的虚幻
心中回荡着一句话:我在这里

啊,也许在我的有关大自然的回忆中
我们曾经相遇
那时你浮现如灵魂
而我坠落如雨点

坠落,然后溢出我自己

1998

纽约轶事

当我们相遇的时候,她正在
阴暗过道上的厨房跟房东撒谎
一边瞪着站在后花园里
我这个会写诗的陌生人

后来她望着我的年龄
从而获得石头一般顽固的
印象:我总是流着汗
像棵灰色的老石榴

不过,当我们终于携手奔走在
带拱顶的大都会博物馆
满壁生辉的走廊上
她年轻时髦的挎包丢下一根笛子

我也改变了对她的看法
而打那以后,无论生活
如何像一个继父直捣她
藏在角落里的坛坛罐罐

弄得脏水满地,还是她拖欠房租
我都仿佛看见一阵穿堂风

将她催眠,又不让她倒下——
这个我永难忘记的地下室的缪斯

          1998

继父

1

当我一次次离开,去一个远方
我就会在电话里听到他——"喂!"

然后把我母亲喊来
房间很小。在母亲丝绸般的

衰弱的声音背后,我听见
某种异常坚实仿佛鸟儿啄食的声音

玻璃哐当响。母亲说,那是继父
用他的凿子在门后的那堵墙上

挖一个洞做鞋柜。
"半平方米,已经花了两天时间。"

2

我老在想,对上一辈我能做什么。
这些年来我总是一动不动

可动起来又跑得太远。还有

我在离城二十公里的荒山上

有一座自己的房子
院子里堆砌着顽石

不过在我的有关家庭的梦里
它倒更像一个石头遗址

仅仅涉及风,以及我自己
那不断增长的听力范围

3
去年父亲的第十一个祭日
我,弟媳妇和他们的女儿

在摆满碗菜的桌前烧纸钱
(我弟弟长期工作在外地)

母亲在厨房里。过道敞开
表示恭请父亲的亡灵回家吃饭

门开着,挡住了继父
那个隐隐发光的鞋柜

但客厅里,那面常年挂着挂历的墙上

一个更大更宽的洞,通向厨房

里面放着陈年食物:花生,鱼干
桂花人参酒,臭豆腐以及

其他一些传统的腌货。

4
我曾经仔细地想象过继父
想象他如何小心翼翼地踮着脚

在房间里,天花板下或一张
不怎么稳定的椅子上面,开拓

开拓父亲生前留下的小小空间
弥补那里的空缺,从而

流下合法的汗。而生活本来
就是低贱的。而我母亲爬上爬下

随时准备用一桶新鲜的油漆
波浪似的刷过再刷过

那一堵堵像被愤怒地啃过的墙。
而大家都站远一步,挺超越的样子——

啊!继父。至今我们还只管他叫叔叔
有时直呼其名——但也仅而已

          1998

一棵树

想想吧,当一棵树摇晃
累累果实中间
便有一个孩子在摇晃

想想这个秋天的孩子摇晃
叫那蓄满一天的雨
尽数洒落,毫不吝啬

想想他正在哑巴似的
让一场固执的雨
逐渐变得稀薄……

想想冬天,当孩子消失
而树会自己融化
中间满是空缺

它先是掉下一块
不到巴掌大,就像乌鸦
嘴里的那块肉

然后是一棵树的雪崩
和一天的遗忘

而生活仿佛仍在原处

继续掉落东西
那东西快乐而茂密
像谎言

      1998 改于2020

雨水已经停住
　　——悼沅沅

1

雨水已经停住,又可以上山
去德安叔叔的房子度周末。
早说会有雾,天也叫人醒得早,
但打开窗户,看雾软绵绵地爬进来,
又静悄悄地打另一边窗户出去,
会让你又蹦又跳。但面对涂泥灰的墙
留下斑斑点点的水迹,倘若谁
为此而提前淡淡地写下"叹息"这两字,
那对你可数的年龄无疑太早!
而等闻见山那边有人喊:"又长大了!"
你就会转过头:一张可爱的圆脸。
然而没有,仅仅是雾阴沉着脸,
或某些事物在其自身的白色笼罩里
落向更低处,不然,就是那声呼唤太虚幻,
以至雾飘来时又显得太仓促
(正逢你突然地离开,已经三个月)。
这才造成叫人无法接受的事实。
因此,想起那一天,在你醒来前,
我倒宁愿没有雾,让雾老远地躲开,
好一边去默认自己的冒失,直到
日出天晴,再一道奔向溪涧,

小脚丫踏着湿润柔软的青草，
看几步远一汪翠绿——那池塘
月亮般沉寂的表面闪着灰光；
看一只蝴蝶翩翩起舞，带花纹的
双翅拍打着，或一只蜻蜓停在水面
好似一动不动——而这样地看着
不知过了多久，雾已越来越大，
当我转过身想起房子的虚幻——
只怕我也是同样的不知，
那中间没有你的雾竟然意味着现实。

2
有一次，楼梯上面的书房有件东西
在扑哧扑哧地响——是一只鸟儿，
它不愿发出鸣叫，满以为用身体
一扇扇地冲撞窗户就能飞向天空。
眼下，我的处境也是如此，
当我回忆你，敲打着键盘，
也像一只关进房间里的鸟——
因此，小女孩，那是一只鸟，
应该用笔记在书本里，或一次次地
放进盒子，直到确信它在里面；
那是一只鸟，但捧在手心竟然
一声叹息那么轻，那么轻；
那是一只鸟，应该翻开它的颜色瞧，

却不料那湿乎乎的绒毛间，
一颗急速跳动的心脏竟是脆弱的，
又好像包在纸里的一团火焰
那样的安静和倔强——啊，难怪你会
用耳朵贴近它，难怪你顿时哭了，
叫人意料不到。甚至没问一声为什么
以及为什么没有回答。可那恰恰
是你倾听世界的开始。而眼下，
当我回忆着那漫长回忆中仓促的一刻，
空气里就会有个东西奇怪地凸现，
表情也像那一天的目瞪口呆，
而要说明白究竟发生了什么，
单凭书房里的知识显然不够用。

3
此时，雨的嘀嗒声打在树叶上
犹如一场压抑的音乐。
那只终日待在厨房炉台上的水壶
正在咝咝地冒气，发出阵阵哨声。
啊，沉沉，这里是遥远而陌生的国度，正值冬天。
可是当水壶响起，我就仿佛听见
从它嘴里拖出的一串长长的元音，
那是你含水分的名字在空气中缭绕，
而我沉着脸透过门帘倾听它们已经太久！
沉沉，此刻我已无事可做，

那煤气蓝色的火苗也凝固了似的,
似乎凭着这份安静就能留住你。
但是不能,提走那壶水也不能,
桌子上早餐的面包的温暖也不能;
这里不是山上,但即便回到山上
也不能;生活在别处不能,
因为我们已丧失很多;
丧失不能,跟你走不能,
除非我能在雾中将你唤醒;
因为雨水停住了,房间却仍在雨幕里。
因为原来壁炉生火的地方,
现在一眼望去是一块空白,
因为已经三个月,雨水停住了,
而你是美丽的,不能说出来,
你是美丽的,终于留不住;
你是美丽的,但这里不是山上,
也不是其他任何地方——只是你的名字
已化作水雾,蜗牛般轻附在窗户玻璃上;
叫人望而生叹,叫人无法安静下来。

1999

秘密和见闻

现在,傍晚的街角弥漫着一股
岁末的土拨鼠的气味——
一个流浪汉躬着身
在拨弄着垃圾桶

"半个身子都进去了!"我不由地喊
但声音仅存在心灵里
童年时,每次我俯向井口
听见的也是类似的声音

岁月深奥无穷,并处处留下
可分享的感情的迹象——这让人想起
他那塑料袋似的胃口的寂静
有着我丢下石头时,那井的虚幻

而生活又是怎样奇怪地充满希望
当一阵阵厉风刮过,他
蓬头垢面,仍旧赖着不走
而我也固执地长大成人

成为今天在某家女士商店门前
等待着的中年男子。因此,亲爱的

当你竖着领子,几乎是愤怒地出来时
我已懂得立即微笑地迎上去

甚至还俯向你,耐心地
探究你深处的原因,而后
疯子似的突然咬住你的耳朵
不住地说:"我爱你!"

1999

同一只老虎

1
"我屏住呼吸,然而什么也没发生。"
一场有关老虎的梦说给你听,
猜想你又会向我发出警告,
不让我从书架前的梯子上跌落。

这是那天的一个情景:
一本释梦的大书和你那双
乌鸦似的黑色眼睛,
使我不自禁地唠叨不停。

"脸藏在现实又几乎不触及现实
的声音后面",我说。我说:
"当老虎追逐我时
我看见它在追逐另一个人。"

"而那还是区区在下。"我说:
"如果我贪婪,有什么东西不舍得丢弃,
又故意跑到一边发出嘘唏,
你就有理由无动于衷或突然地

加以追究,拦截住这些话,

或再次转过修女般的脸,
怒斥我的鄙俗,
我的虚无。"

2
是同一只老虎
在追逐同样的两个人,
就像我跳过昨天的一天,
又做起关于这一天的日记。

"记得我曾本能地躲开了,
但还不放心,
因此才有了后者
继续我的奔逃!"

而在我未来的
奋力书写中,
老虎,老虎,
必然变成赏心悦目的阅读。

"它甚至是可触摸的,
那黄金般的追逐
就像我们在日常阴影中
对自身权利的追逐!"

我挖空心思,却不能使你最终满意。
我又说:"那是某种晦涩的,漫长的
过程,我甚至还记得
那人的最后消失是沮丧的。"

3
我肯定另有一些事物将更伟大,
更纯洁,要对它们保持倾听,
必须首先消失自己,或心甘情愿地
用身体去将那里的黑暗丈量。

有许多时刻我都在静静地思量你,
尤其是在孤独的天气里。
记得某个拂晓,床头电话响了,
传来你细微而忧郁的声音:

"我梦见自己怀孕,"这时候
虽知那是你的困惑,需要告知,
或那是一个女人的秘密,
我却愿长时间地醒着,守着,

直到某天在饭桌上脱口而出:
"那是你的子宫感到了空虚!"
"不,我的子宫一向很快乐!"
啊,一场现实又几乎不触及现实的

讨论。仍旧出于某种恻隐之心，
但我愿意听，也许还会挺身舞蹈，
为另一个子虚乌有的男人，也为我
日趋没落的邋遢的单身汉生活。

4
"而老虎甚至还是经典的，
跟具体的某人无关。
它就像布莱克的老虎，
里尔克的豹。"

我继续说着。渺不足道。
你开始不停地来回走动。
书房里有股尊严的气味。
寂静中隐藏着一声咆哮。

"天啊，没有人，没有人
可以在这里大喊大叫！"
之前装修书房时，你曾经
一句话打发走一个木匠。

啊，往事如海潮。而现实是
时间已晚。现实是时间的
失败的注脚——啊，老虎，老虎，

令人吃惊的还是那天，

我待在梯子上赖着不走，
一个劲儿地耽于阐释，又殷勤又笨拙，
像在啃吃着灰尘，
而你竟然出奇的冷静和安静。

           1999

在埃及

从前有一回,有人打老远写信对我说:
风喜欢收藏你身上的东西
我以为那句话就是诗歌
因为我喜欢它的圣经的口气
我从窗口望出去,世界
发生了变化。而诗歌的瞳孔变小——
怎么办?我但愿他指的是其他东西
可偏偏是它:一顶皱巴巴的帽子
那一天,我心神恍惚,冥冥中
仿佛看见沙漠后面多出一块沙漠
"哎!等等!"我喊了一声
这才意识到风,再去抓住已来不及
只好眼巴巴地站在几步远的地方
看那红红的一团顽固地翻滚
像一支落日的歌,最后落入埃及人
的墓穴。怎么办?那帽子喜欢颤抖
又喜欢躲藏,这才是它的疯子本性
不过那片满是黑洞的大地
倒也是它完美而合适的去处——
我这么想,才让人高兴写了信
把它当作一回事,一个守墓人
他说打那以后,他每天都去对

那些黑洞喊一声"哈罗！"
我明白这不光是一句俏皮话
也忽然觉得在一个人身上
其实没有什么是不可以放下的

1999

去健身馆

记得春天去健身馆,你照例推迟的午餐
却是在出租车上匆匆进行的。
时间已迟,但天气倒满适合去
这一种地方。但要指望你转过身
再高高兴兴地说出那句话:
"干吗?我就是喜欢今天这样的一天
才好去将自己的心肺抖开",
——像回到从前,却是不可能。
这也难怪,刚才走在街道上,
一边回头拦截出租车,一边
大拇指做着似是而非的向下动作,
那光景叫老天看了也司空见惯。
恐怕是,好些日子了,出门时
总是那副若有所失的样子,
到头来留下沮丧的情景一幕:
这世界早已无路可去,但也
没有理由留下——一个不怎么样的印象。
可眼下,在仿佛凝固的时间之潮中,
且不说这顿梦魇似的午餐
是否需要做一番祷告,茫茫然
两人并排坐着,倒似空气里
笼罩着一个上帝,阴魂不散,

叫这四月成了冷冷的盯视,
叫人莫名其妙地陷入僵持,
谁也不开口,谁也不瞧对方一眼。

就这样,任由一股力量推远,
任凭司机向左向右,最终将我们
在那家露天的停车场放下。
我记得那时午后已过半,
在某处——在这个国家地图上
被命名为某某河流的港湾一角,
健身馆呼吸着,春天般鼓胀,
或如搁浅的鲸鱼闪射出费解的光。
想来也是,去年冬天第一次来,
迷过路,面对面站着,又是冒昧
又是内疚——啊,一个亚当
和一个夏娃,两人孤身进去才知道,
这里并非非来不可的地方,
而今却懂得说:我们来了,瞧,
那么多器械,根据人类自身条件
而发明出来,毕竟是为了让人高兴——
你清楚这些道理,又派得上什么用场,
但你什么也没说,天知道为何。
当我们在再见的手势后面各自
漫不经心地消失在更衣室里,
我倒是希望隔着那面墙,再听听
你老是挂在嘴边的那句话:"干吗?

我就是喜欢今天这样的一天,
才去将自己的心肺抖开!"

房间当然宽敞,当然还有
适合运动的音乐在低沉地回荡。
而在这环绕着潜在的,几乎是虔诚的
依存关系里,某种懒散的
兼容的空气却是房间的灵魂;
当然还有镜子,连成一面面墙,
到处都见得到你,不用回头也知道
哪里是你,正在伴随着音乐,
哪里是另一个你,正在镜子里。
说不上你喜不喜欢镜子,但我总是
在你所提供的某种自我审视里
始终保持留心。"啊!别回头!"
  "快点,快点,再快点!"——有一次
你惊叫了起来,而我紧盯着计速器,
奔跑在一架机器上几乎快摔倒,但
脑海里却仿佛回荡起当年尤里西斯
授意穿过地狱长廊时的一丝冷意。
  "啊!啊!我当然跟得上节拍,如果我
非跟上不可。"然而我渴望摆脱。

我已习惯受你怂恿:继续——
我本能地望向镜子,震惊你
早已满面通红,紧身衣湿透了,

里面单薄的骨架发出轻微咔嚓声。
我注意到你在调整呼吸
只是太多太多的局部动作
如今做起来已超出全部。
当你在镜里报以我一丝微笑，
我感到了你平日里的孤独
仿佛来自一个深处的日子
和一个少于日子的女人日子——
我不知道当时为什么这么想
以及我到底关心什么，也许我的心
是空的，就像那露天停车场。
也许我在感觉着自己在如何感觉，
又有点轻浮，才终于吐出真情。
也许在我呆滞的思想另一面，
依旧存在着昔日教堂式的祝福，
只是我希望这祝福，由于呼吸急剧
而长出了鱼鳃，迫使空气变得更加的热切？

我放慢了动作，目光回到现实，
我注意到在你身后，那面落地窗的
玻璃外面，大海面具一般安静，
似乎它在某种类似心理阴影
的活动里就要现出原形；
或者因为这是一个漫长的午后
那蓝调式的水面就要漫过来。
而健身馆仍旧呼吸着，鼓胀着，

当我们准备离开,看见头顶
一颗不知从何处射出的高尔夫球
疾速地飞向高空,半晌不见落下——
这才看清海面上竖着网,
像一道透明的墙,在夕光中闪耀,
那斑斑点点,竟多少是惬意的,
于是记得将那句话再喊出一遍:
"干吗?我就是喜欢今天这样的一天,
好去将自己的心肺抖开!"

1999　改于2020

第四辑
北峰诗抄及其他诗篇（1994—2020）

台阶

我曾答应自己离开一段日子
在我修好门前台阶以后

我搬来石头以及那些石匠
用的锤子,铁锹,水泥和水

一天两天,干着同样的活儿
那孤独的情景有如梦游,有如某人

急急路过,为从未发生的事——
我只是不想有一天从台阶上跌倒

我曾经渴望放弃
手臂却依旧高举沉重的石头

我弯下身时那酷似爱的姿势
徒劳地要求石头吻合

我想每一块石头都应该从天而降
然而事实远非如此

啊!都是为了证明某种天赋

我但愿自己生来是一个农民

在这无人问津的地方，当我生病
或者就要老死，让我梦见地下的

金砖金瓦；或者挖地三尺
把一生最坚实的东西深藏

我看见山脚下一群土地蜂
正在倾巢而出，正在追逐着一个人

我还看到温暖的秋风
徐徐地吹送着一株乏力草

上面的蜘蛛网在晨光中摇晃
犹如一段遥远的记忆，我也一样

我劳动的肌腱在臂膊上闪耀
而不久前，我还像一个轻飘的神祇

总是神色慌张地跑过，跑过
我那座自我放逐的小屋

1994

无题

唤来三个陌生的石匠,
其中一个是老伯,老愚公。
他们知道如何用石头
在房墙边另砌一面墙。

天降下石头。我在窗子里。
但我坐下写作却也能通晓
里里外外的事情:老人做了
下手。无力的缘故以及年龄

在这里正在受到尊敬——他
用来端水以及搬零碎石块,
把它们填入墙心和墙缝,
大块小块都落在实处。

我想起"正直"这个词。
他们是邻村人,我想。
而从邻村来到我的房子,
他们每天得走很长一段路。

三个自由的合伙人在劳动,
享用着不尽的石头。我写作,

键盘的声音伴着垒石升高,
我说的也正是脱口而出的。

1994

冒犯

我曾经目睹石头的秘密迁徙
它们从高处滚落,轰轰烈烈
一些石头从此离开了世界
但另一些却留下,成了石头遗址
没有什么比石头留下不动更令人尴尬
那高耸的一堆,那长长的影子
白天,我看见它们落满庭院
成为我们出门时司空见惯的事物
而夜里,黑乎乎的吓人一跳
其实也只是一种幻觉:一块压着一块
顷刻之间仿佛就要倒在身上
就像当初某人受到了驱逐
逐出那道门,那门才得以确立
天堂才在那里存在——啊
如果是这样,但愿这累累的一堆
也能孵出我们希望的东西来
要不只怪自己来得不是时候
才看见石头变幻,变幻着闯入视野
我们知道那是土地的变故
那是地球松动,开始了滚动——
是的,也许那时候我们恰巧路过
还不知道如何安置自己

也许那时候我们也像石头
一些人留下,另一些继续向前
那留下的成了心灵的禁忌
那消失的却坚定了生活的信念

         1995

晨曲

我原没想到,我竟然拥有一所
自己的房子,院前一大堆乱石
有的浑圆漆黑,从沃土孵出
有的残缺不全,像从天而降

四周弥漫着房子落成时的
某种寂静,而它们是多出来的
看了还让人动心:那满满一堆
或许能凑合把一道围墙垒成

但如果你不知道这些,路过时
猜不出它们出自何处——却偏偏
只晓得一句老话:点石成金
那么你怎能将我的心情揣度

啊,原原本本的一堆乱石
我想先挑出一块,不论它
是圆是缺,或是高兴或是孤独
我们真心真意,它就会手舞足蹈

1995

无题

今天,我仍旧可以拿出一个比喻
把它放入一只猫的老虎形象中
当它终于跳出那些坛坛罐罐
又跳出昨天的一天,那变坏的

一天,那一定是落日的缘故
昏暗中,我看见它眼睛里的山脉
正在起伏着退向一片虚无
而肉体仍在厨房里歇息,在桌上

一架搅拌机旁。我伸手攥住
它的尾巴,不让它消失在夜里
我擦掉它在瓷砖上的老虎爪印
如拭去一则象形文字——啊

顽固又安静,它就像寓言中的猫
睡觉前总要出门一趟
而我,一旦我将它提起又放下
心情愉快,它就会如愿以偿

1995

诗歌写作

我离开桌子,去把
那一堵墙的窗户推开
虫儿唧唧,繁星闪闪
夜幕静静地低垂

在这凹形的山谷
黑暗困顿而委屈
想到这些,我对自己说:
"我也深陷于此!"

我又回到那首诗上
伸手去把烛蕊轻挑
这时一只飞蛾扑来
坠落在稿纸上

身体在起伏中歇息
放亮的目光癫狂
而等它终于适应了光
信心恢复便腾身

燃烧了自己。前几天
另一只更粗更大

身上的虫子条纹
遮着天使般的翅膀

也一样,都是瞬间的事
都为我所目睹
它们的献身使火焰加剧
而光亮中心也是凹形的

多少年,在不同的光里
我写微不足道的事物
也为了释放自己时
顺便将黑暗沉吟

1995

时光

闪电般的镰刀嚓嚓响
草在退避,不远处一只小鸟
扑的一声腾空逃窜

到你发现草丛里躺着一颗蛋
我已喊了起来——草歪向一边
光线涌入:它几乎还是透明的

现在我们喝酒谈论着这件事:
那时你躬身把它拾进口袋
不加思索,而你的姿态

又像对那只远遁的鸟表示了歉意

1995

石蒜

当芦苇花飘浮和不可言状的蒲公英
飞翔的种子扰乱了天空
扰乱了溪水边那座房子的视线

石蒜就在印着黑色脚印
铺向溪水的石头台阶上
和那一堆堆潮湿的草的灰烬里

当芦苇花的飘浮消失和蒲公英呛人
的种子继续飞翔,我每天都来
溪边洗净我的手——而当我的手

翻来覆去像抚摸着一个个爱的日子
我听着溪水的盲音看着石蒜的嫩绿
和它那仿佛有毒的鲜花开放

1995

两个农民

两个农民把篱墙外的
那片山坡刮干净
要不是我喊到此为止
他们准会干到那阴森的

林子那边,不知不觉。
"啊不",我让他们回头
用剩下的时间清理溪水
再将那片篱笆逐个地修长

望着他们远去的身影
我心想,过不久这里还会
长满荒草,山上的石头
还会滚入溪里,东倒西歪

这么大的地方我可管不好
多年来邻舍间的一块荒地
如今让我叫人梳理出来
又放下一片片可爱的树篱

占为己有了,才意识到
当初谁也不愿先动它,仿佛

大家喜欢守着它的荒芜
和那原始的静寞一片

现在可好,一整天心绪不宁
没准邻舍还有一片怨言:
我占有了我们之间这片荒地
却把他推向更远的荒芜

1995

群山之中

半明半暗的山谷
月儿高挂,星星低垂
一条溪水旁边
悠悠几户人家

"我熟悉黑暗!"
不过是说我刚刚
熟悉一小段山路
和那几块溪间卵石

我到溪边拾干柴
供冬天的壁炉烧烤
你在屋里等着
让窗口隐隐地放光

只是今天,就在
那几棵树和藤条后面
我仍独自一个人
继续拾着干柴。冷风

袭来,一束车灯照亮
仍旧与那天一样

我又不由地说出：
"我熟悉黑暗"

想来还是对你说的
意思仍然是一小段山路
我刚刚熟悉；只是
那天我没跟你说

那是远处山峦上
盘绕的货车扫来车灯
照亮了半截房子
都朝圣似的向城里爬去。

1995

恐惧

篱笆前的茅草正在燃烧——
记得当时你俯身投入一把火
干燥的噼啪声便在山谷里回响

整个冬天干着这些活,劈呀斩呀
把一片片黑秃秃的地锄成菜地
再等着将种子或幼苗种下

那草缝里的火焰蜷曲着升起
又从高处坠落,重新裹住未烧透的——
再烧一遍,或顺风把更大的一堆烘着

半是泥土,那烧焦的茅草根又重又湿
香火似一寸寸地烧,终于忽地火光一闪
化为一座浓烟滚滚的天堂

就到篱笆为止。然而气势汹汹的
竟是暗处的一窝土地蜂。它们透过烟雾
早已嗅出你的一身汗味和火光里

你忽隐忽现的幽灵形象——
可那是你的原形吧,尖叫着

不像在天堂里,更像一个冒失鬼,

躲在一棵树后呻吟,目光熊熊
像喝醉了酒,出来时已步履踉跄
几步远的屋子,就是不愿回去

然后语无伦次地一边咒骂一边冲向池塘
任凭它顿时浑浊一片,任凭大火
吞没身后那一大片的青绿

1996

傍晚降雨

一整天都在炎热中逃避,直到傍晚
传来阵阵雷声,接着起风下雨
让几乎枯竭的溪水充盈,形成了
所谓的山洪;哟,一整天我几乎
意识不到一点儿现实,直到雨
真实地落入山谷,才听见有人
在某处弯道上喊,隐隐约约
才知道在另一处那些曝晒了三天
用来扎扫帚的茅草花穗,要叫人来
把它尽数搬移已经来不及。或者

事实上附近并无一个确实存在的人
只有洪水在白天的黑暗里轰响
只有我坐在厨房里歇息喝着水
看着鸟飞过窗前,一只两只
看着雨陆续地落下,落在一个个盲点里——
哟,我以为这个世界再也不会发生意外
可是当我疯子似的跑进雨幕
脚踩着滚烫的石头,发现自己竟如此
原始和容易受惊,几乎身不由己

1996

土豆

农民在幽暗的地窖里摆弄
把一只只圆鼓鼓的麻袋竖起
咕隆咕隆地尽数倒进桶里
啊,沉甸甸的一桶金币

原来它们是一些土豆
一股卑俗的种子气味
只是被施加了变化的魔术
不是还原而是变多

"土豆,土豆",她低声喊
因为同样古老的事
也发生在她的陋室——
在她翻来覆去的梦里

啊!沉甸甸的一桶金币
放在心里却是明白的
因为那最先渴望的
最后总要去实现

但他仅仅是一个农民
必须再垦出一片新地

为她早已预言在先

也为那些真正的土豆

                    1996

写真

蝉的涂鸦式的聒噪
有着铁匠铺的全部音乐:
一块呲呲发响的生铁
却不曾丝毫改变形状。

猫也在自己的音乐里
耗着耗着,为睡眠所推迟,
瞧它熟睡模样,表面上
不为所动,心里却在嘀咕:

"啊,我只在白天睡大觉。"
冥冥中我还听到池塘的心脏
搏动,如日光下的蜥蜴
月光里又受到怂恿

一动不动。而此时倘若某人
执意离开,消失了自身
门就会自动关上,咣的一声
让蝉声中断,而猫藏起

瞳孔里的那把冷刀
池塘成了真正的盲点

一个夏天的顶点——我就晓得：
都是不满意这里的昏暗

1996

草坪

也许我的草坪还包括蜿蜒地
伸向北边的那块荒杂地
中间一条现成的小径
底下一汪池塘,三十平米见方

隐约可见,都在篱笆内
又几乎为视野所不及
而我踌躇满志,从早到晚
一样的不着边际——

这是生活喜剧性的一面
它一会儿晴天,一会儿台风
刮得人心甫定;然而,
就在那块浑圆的巨石上面

我高兴地坐下,像个会欣赏世界
的原始人终于懂得站远几步
看洪水过后一片狼藉,或思量着
四周为何笼罩着创世般的寂静

我甚至也喜欢那乱石累累
好似在大自然的荒芜里
存在着一个父亲,依旧和蔼可亲

而我必须听从这样一个死者:

"事情是每一天的"——这声音
依旧像三十年前,不同的是
那时他从裤袋里摸出一把钞票
恶狠狠地摔在桌面上,指使我

要不去偷去抢,或至少去学会
成家立业。我并没有学会什么
我只是望着自己的年龄。现在我
才明白那是他平凡的一生里

最智慧的一刻——之后再没有
大声吼过。之后尚有一段
长长的空白,叫人来不及理解
因而似乎也不需要回答——之后

远走他乡,不知道何年才能回来
也不敢奢望竟拥有这样一处房子
耸立在山岩上,让你一边盖
一边想,却很少去想过孤独

依旧不知天高地厚,只是今天
循着那道声音,踏过相似的落叶
心间却回荡着数不尽的爱:
哦,我的草坪也许还包括蓝天

1996

掘井

我曾经四处游荡,却最后在
自己的房屋附近找到水源一汪
我望着自己粗糙的手因奋力掏寻
而青筋凸起:那上面龟裂的泥巴

"这是手的雕像",我对自己说
但我对日子的记忆却是湿乎乎的
我记得那道水源暗藏在杂草丛中
也是黑色的。"像上帝的居所"

但这是夜间俯身写在书本上的话
那阵子适合我的就是整天绕着水转
一勺勺地舀,或不停地用那用旧的
辘轳似的嗓门,喊出我的心事

但是当我像古人又在纸上写下"泉眼"
这两字,再去挖地三尺时
我所感到的禁忌就像我赤身裸体
冒失地跑过这咚咚响的大地

然而这些都没有让我停止挖掘
我写作时也有一道水源远远瞪视我

我学习着分寸，谨慎地将文字
像原地挖出的石头，把大地圈在几米之外

1996

屋顶与池塘三章

一

昨夜我写池塘,写水里
从前的一所房子,以及在
所有可见的清晰中
一些东西仍然是虚妄的。
我写池塘,然后把它搅浑
为了证明写作就像一只
危险的船,那种下沉的感觉。
我写一个夏天的男孩在一阵阵的
黄金涟漪里企图发现什么
然而没有——只是他的影子在浮现
他的金色眸子在闪烁。
我还写青苔,那厚厚的一片
和那个被援用的男孩站在上面
如何开口呼唤,希望被听见
又傻乎乎地站在一边,仿佛被他自己
天使的声音完全镇住了——
啊,我写作就是如此,为证明
自己看到了什么,在那种
身临其境的感觉里。繁星点点。
我想如果我不能像那池塘
昏暗中依稀道出世界的秘密

至少我希望有回声——那声音
就像一个人同时出现在两个地方。

二

邻居老唐那金字塔似的瓦顶
曾经翻修过一次,那时他
爬上去,脸俯向房子内部。
我们知道那是他自己的恐慌。
毕竟他一直在过着漏雨的生活。
地板上放着青春期的脸盆。
现在好了,瓦匠们纷纷闪出一条路
好让他一个个地瞧那些窟窿。
而那时我们都在溪这边,像上帝
在看着一个小小的远方。
屋顶金光闪闪,而他摇晃
仿佛就要掉下去——他和他
在地面时真是判若两人。
啊!他在摇晃,不知道自己
有多危险。而等他站起来
肯定又要迁怒于某人。总之
他已经好久不说话
可一旦说起来又说得太多。

三

不过，某天我浸泡到水里
被一条蛇惊起，也一样
全身起着鸡皮疙瘩——
蛇？哪里有蛇？
我试图朝它扔出石子
但那里什么也没有。
我对自己说：那只是幻觉。
我童年时曾经希望
一个人能同时出现在两个地方。
或者一旦我踩入水里
保持双膝不湿，我也能像耶稣
站在那里对生活做一番解释。
然而我不能。蛇也不能。
如果它不在了，也仅仅是
它正沉溺于自我的欢乐
而我投出的那块石头
虽说落了个空，化作阵阵虚无
却也能把一天的心情满足。
我转身回家，想象着凶险
而你知道这一切并非弄虚作假。

1996

漆树
——献给漆画家唐明修

我的邻舍,住着一个磨漆画家
而我的院落里却长着一棵漆树
当他画着漆画,利用漆的光滑
我想起我写诗,把句子分行

那是另一回事。一天我问他
漆树何以变为颜料,回答是:
"从树脂中提取,仅此而已"
我回家记下这一行。那是另一回事

我开始注视那棵漆树。又问
这次他喝酒话变得多起来:
"漆在空气中变黑,那是漆的死亡"
我看到了一口盛满黑漆的

沉睡的瓷碗。世界发生了变化
我写诗因此而受到诱惑
我写道:院落里一个塞壬
正在它火红的洞穴里

将时光吟唱。它还是某人的智慧树
我又写了另一句,毫无禁忌

这时,山上下来了另一个人
他路过,浑身被漆咬伤,痒

驱逐着他。但他手舞足蹈
就像两千年前精彩绝伦的
庄周——只是他那受罪的身体
坐不下来。虽然仍旧是另一回事

就在那通向水潭的台阶上
从他那张幽灵般农夫的脸
我已看出,他若再迈出一步
就要飞了起来

1996　改于2020[*]

---

[*] 《庄子》的作者庄周曾谋职于漆园,谓有"漆吏"之称。

或许可称之为台词
——为牟森的实验戏剧《医院》而作

什么时候才能过上好日子，
什么样子才叫着称心如意，
那一天我坐下来问自己，又
站远几步瞧着山坡上的房子。
嗯，你说对了，我就是弄不清自己
究竟是开心，还是不开心。
都一年光景了，我就是不能
让自己相信那房子是我的。
就像你隔着一层遗忘，中间下了场雨
一些地方就成了不再有过路人的世界。
就这样，呆呆的什么感觉也没有，
又好像冥冥中应验到什么，
就拿这条溪水来说吧，你跳进去
拿它的石头盖房子，可算是一生
头一遭，想都没想过的事情，
但你跳进去后究竟明白了什么？
你知道石头在水里要轻许多，
它们都是山洪东一块西一块
留下的——上一回或前几回——
你晓得这些先于我们存在的东西，
但你只要你抱得动的，再顺着水流
嘴上念念有词，它们就会随着你

一道冒出水面,再一块块使劲往上推,
大块小块都落到了实处才高兴地说:
这土地先属于我们,我们才去属于它。
可是谁先谁后,琢磨着又觉得蹊跷,
东一块西一块堆得满地,你懂得它们
出处和去处,派得上什么用场,
但你也只是做着一些像你在做的事情。

什么时候才能过上好日子
什么样子才叫着称心如意——
到底是不过说说罢了。
我有个邻居,房子比我多几间,
用的是溪那边的石头。那又怎样?
洪水过后,他到底还是比我来得忙。
或者说这条溪是一面时间的镜子
透过他,你也能估摸出我几分。
可那又怎样——都像知道了什么
某些话才呼之欲出,但要让对方听明白
就得扯开嗓门对着溪那边喊,
双手久久地合拢在嘴边,你不能
只是躲在窗户后面,喊些什么
连自己都听不到,耳朵里像塞着
一团雾。有一次为了一棵树
——天晓得这棵树该属于谁,
我就跑到他那边直接对他说,
管他最后接受还是不接受。

如今想来那无非是一棵野树,
不近也不远,却偏偏长在我们中间
一块巨石上——一道天然的屏障。
要不就是你初来乍到从未见过它,
你就不能想象它该是什么样
你只会说,在这幽僻的山谷,
一个人成天绕着房子转,篱墙上
投下影子和另一个人踌躇满志
又无所事事,这才终于走到一块——
啊!都喜欢这么说,都喜欢这么问
来了,都爱上这地方,都各自
找块地方坐下躺下,又打心眼的
在大自然的荒芜里看到一个稀罕的自我。
但现在那里是一个空白,映入眼帘的
只是一个空白:它不再挡住房子的视线,
却又让人不由得往那里看。看到了什么?
今天他高兴修好篱笆,又把那地方
说得格外的美。似乎他这么说
才会这么做:他砍掉了它。

1996　改于2020

池塘逸事

大清早房门前来了两个木匠
一个留下喊醒我,一个继续前行
却不料我打老远地在他背后
台阶下面的水塘里问:什么事?

这怎不叫他茫然,茫然的不是我
早早化身徘徊在池水上,嗓门沮丧
而是几日不见,一汪深塘
竟已变成累累的石头卵蛋一摊。

望着他踌躇,想起他一生
忠厚老实——上帝知道
要不是再问一声:"什么事"提醒他
他准会把前来的目的遗忘

"一把春天的斧头要来取回!"
我让他自个儿从厨房那扇
半开的窗户爬进,可没等我
放下手中的石头,又见他

从窗户跳出,轻落在地面上。
我纳闷他为何不开门出来

顺顺当当,却偏偏只记得
我是如何进去就如何出来

——凭着一股天生的秉性?
而我不停地从水中捞石头也
遭受到奚落:哎!何苦不再等来
一场大水,把石头尽数冲走

门关着。但看得清里面的黑。
啊!外边的大自然却是例外
它前脚刚走,留下满目荒夷
可没准等你睁开眼,叹口气

顺着同一条溪,在同一个山谷
以为是末日来了,却听见
那寂寞的山洪轰隆隆,不一会儿
又让池塘恢复清纯一汪。

2000

给哑巴漆工的四则小诗

1
昨晚小阁楼的房梁上
垂挂着镜子般的水滴
如果它们不曾滴落
一串串地渗入房间

我就不会一边叹息
一边神经质地跳开
到楼下把你从熟睡中
拖起床。不好意思

说起昨夜的一场雨
我真感到自己老了
老得就像一个看守房子
的老神祇

周围没有一个说话的人
不过我还是说了:
"那水直落地板上
早已化成柔软的一摊——"

2

"那晶卵,如果它
从不曾滴落
而仅在自身重量里
轻如预言

那它的形象在时间里
就好比在别处
叫人一天都睡不好觉
狂自苦恼"

我好像说过类似的
老掉牙的话——
如果有,我想你也是
根本一句也没有听进去

所以莫名其妙
所以你来,其实是叫你来
帮忙挪动一下东西
但愿你不要介意

3

滴水穿石。雨永远
在暗中嘀嗒,可我似乎
更高兴站在亭子里的你

像古人给人以灵感

"啊,要把它们擦得
镜子一般亮是你的命运。"
"啊,风熟悉你手上砂纸的声音
还有你的漆刷"——

我说了吗?我不可能说
就像昨夜将你唤醒
至于那水滴如何长年地困扰我
我一句也没说。

我只是在看着你
在如何仔细地
端详那风吹雨淋
的四根柱子。

4
我很感激你,哑巴漆工
但是什么样的日子才是
修漆的好日子
不会说话的你

自然也不可能跟我说
但你是一个真正的艺术家

只是依稀秋风里,世界
显得有点来历不明

我很感激你不声不响地
漆呀漆,甚至不看周围一眼
仿佛那层层叠叠的山景
根本不存在

啊,都是为了让那亭子
在园子里更显端庄,祥和——
的确,它看起来
分外像亭子。

2005

漆画家

啊,原来是一桶生漆
但是如果你打开它,看见它
起皱,黑洞洞的在空气中凸现
你就看到了它的起源

嗅出它的孤独,或者
它是房间里一面潮湿的镜子
美丽而无用,需要俯下身
全心全意或用一根粗棍

将它从深处搅活,还原它
死一般的颜色,睡眠的颜色
但那是一种什么颜色
或许还是一种黑洞洞的空白

这是儿时的印象,今天
我备好了瓦灰,水,牛角
制成的刮刀,以及古代的毛笔
毛刷和金箔银箔一张张

如果可能还要有咒语——你知道
一切呼之欲出,只欠东风

这先人的说法今天也适宜,无论你
身在异乡或守在自己的山上

        2005

可爱的星星

如果这些可爱的星星不是星星
那又是什么？该如何称呼
那么高的一种现实？那么冷漠
一生都与我们若即若离
又让人去幻想和追求
有时我常常想，直到如今
星星不过是星星，你承认它
高高在上，冥冥之中
有种力量或什么寂静的知识——
而这些都还是我们自己的事情
我们知道它非人间之物
或只是天堂里的一种爱
但它引导我们不得不穷尽一生
去爱一些不能爱的事物
去属于它们，然后才去属于自己

2008

八大山人

——赠于坚，之前他来过Johnson，写出长诗《小镇》

八大山人，朱耷，这里是Johnson，美国
东部的一个小镇。很小。小得可怜。
但我每天都跑到大街上，去看它一眼。
其实，从窗口往外看，等树叶再落一遍，
一切也能尽收眼底。小。然而适合隐居。
你知道那是怎么一回事。然而昨天傍晚，
在桥底下，透过树枝，来了个钓鱼人，
他不是来"独钓寒江雪"，不是范宽，
或以后的那个愤世嫉俗的徐渭。
他抛出鱼线，转眼钓上一条。一样的小。
很容易用巴掌从空中接住。一样的小。
正如你在《游鱼图》里所画的。或一样的
可以画到纸上，栩栩如生——只是得用另一只手。
不，没有人可以画你那种画，更没有人
动得了你的鱼竿，否则会撼动整个空间。
所以，在这晚秋时节，我想这里面有个区别。
那垂钓人抓住了鱼，又将它按入水里，
好让它再去呼吸一次。这才造成幻觉，
让人想到你一生早早地遁入空门，
入世后又躲躲闪闪，直到晚年，
终于给自己盖间草堂，从此久无音讯，
难怪远在扬州的石涛以为你死了，

画下一幅《水仙图》，题上：八大山人，
即当年的雪个也，淋漓仙去——
却不知你还在南昌，卖你画的鱼，
像谎言，仅够糊口。回家后写下：
"配饮无钱买，思将换画归"。而今天，
当我在一个他乡的岸边读书，
读到 Howard Nemerov，一个美国诗人，
他说："同时的停止和流动，是全部的真理。"
像是关于流水的教诲，无意中又仿佛
道出三百年前你的妙境，所以，三百年后，
八大山人，这里是一条黑色的溪流，
小而浅，但这里面有个区别。至少
看得清里面有什么东西，会很快溢出来。
它不是教堂，也不是一个人画着风景，
东画一笔西画一笔，告诉我们哪里才是
生活的点睛之笔。也不是某个钓鱼人，
在某个时辰，糊里糊涂地钓上一条，
转眼就不见了，糊里糊涂地成为
傍晚黑暗的一幕。而是你的那些鱼
在石头的缝隙里，仍旧悠然自得。
它们有时看似不在了，又近在咫尺。
它们没有游入深水，又像在更深处，
真瞪着我们的空无——一样的小
只是没有人，没有人动摇得了你的鱼竿

2015

迷恋

有谁像我这样躺卧在天空下,起伏着
像尘土;或起伏着,结合自己的一生
忽然节外生枝地感叹:啊!耶稣
如何才能在水上完成一个人的行走

2015

公元 2012 年重阳节游太行山有感而作

秋天的落叶已落满京城
记得我受到邀请,要远赴襄垣
像个来自异地的古代诗人
坐等几日,天亮前便起身
徒步到太原,再到某个驿站
与另外三个诗人结伴同行

到了太行山顶才知道
那天已是重阳,于是问起
山脚下的襄垣,此刻又在何方
啊,那个睁着煤炭眼睛的襄垣
那片有人在湖心垂钓
日暮时闪着金光的新湖

傻傻的,也只是问问罢了
而四周寂静,也像有人在群山间
丢了知识,一时忘记了人生
又恍惚间突然记得前世曾经
到此一游——也像传说中
某个游山玩水的古代人?

我这么说兴许只是想让时间

慢下来。这个世界已今非昔比
还有许多宝地尚未去过
或者去过，如今回过神来
又值得再亲临一遍
好在来世还记得这山山水水

哟，但愿天天都有一些事
让人流连忘返，只是我们
天黑前还得赶回襄垣城里
那里晚宴过后还有一场地方戏
等着上演——马不停蹄
啊，主人的招待可谓尽善尽美

还有许多本地会写诗的
官员前来捧场，这大概
也是个好的传统，叫这一天
挤得满满的，叫人不禁地想起
记载中的那个故国，或
《四乐图》的作者白居易啊

2015

偷渡客的一天

1
"她最小的孩子是我生的!"
——神可以这么说,但春枝不能,
他已被指定蓄意捏造事实。

国华梦见回家,高兴自己牵着一头牛,
可到了村口,发现它竟活生生地牵在
一个陌生人的手里。

此时,灶上在煮玉米。一锅儿热腾腾的黄金。
只是,当患咳嗽的老卓再次咳嗽不止,
天好像就要下雨,厨房好像就要下雨。

只是"一度被困在墨西哥边境的玉米地里,
整个星期啃着那玩意",
老卓他有权拒绝玉米。

在隔壁,他那有着酷暑顽固性格的肺
和昔日玉米田地里
窸窸窣窣的月光有权拒绝。

2
晚餐尚未就绪就已吃掉一半。
看来一些结论
必须推迟到明天。

关于故乡的那个孩子，
神可以说，但春枝不行，
因为那个典型的有夫之妇

有着穿墙的听力。
总有一天她会从云端显现，
诅咒他的冒失。

没有人愿意理解国华那头
子虚乌有的牛。
更没有人主动提出耕作，山山水水地。

而老卓煎熬的七天，
是创造性的七天，
鉴于他黑掉的身份，上帝迟早会替他

付掉那欠了半辈子的月光的房租，
并允许他继续跑外卖，
用他那阎王爷铜锣般的嗓门。

3
杯盘层层叠叠,人横七竖八。
一个吃剩的海。
但是今天是圣诞节。

"别人的节日。"
春枝流着口水。
国华鼾声如雷。

老卓继续滴酒不沾,
继续在电话里跟老婆
问长问短。

啊,一个太监式的农民
和一个部落式的睡眠。
只是有人这时才提起
忘了吃桌底下那只母鸡。

那母鸡绑着腿
头歪向一边。
它温存眼睛里的荫翳

令人想起祖国
但那是另一个,另一个
遥远的结论。

4
一早就有人陆续离开
感觉得到房子在恢复轻飘
可当我说:"那是房子的灵魂"

又睡去时,我的梦境就如
埋入墙壁里的鞋柜
散发出费解的光

我留意到客厅里新房客回来了
桌面上回荡着报纸的声音
而冰箱龇牙咧嘴——

我猜那就是他,
正在冰箱里寻找空间
企图放进一些食物

或断定那是一只贼船
而他已上了岁数
动作迟缓,探头探脑

而且
"听说他那两个偷渡的儿子
还在途中——"

5
一个共有的房间。
在那里,"过去"再次
修复为一幅常景——

我父亲活着的时候,
也曾常常一个人在厨房
慢腾腾地翻阅报纸,不时地发出

牲口棚里的牲口
踢踏干草叶的悉渳声——
但是,往往这时候

生活的危险总会乘虚而入。
日子神出鬼没。
这次我没有作声。

我仿佛又听见老卓
在隔壁像上帝一样咳嗽着。
他的嗓子需要休息——

如此顽强
换作其他人
其结果也必然如此。

2015

鹰
——赠韩东

开窗望去：一只鹰的身影
吊在空中已很长时间，
那静止的一幕恍若隔世，
似乎它喜欢这样把大地丈量
将山山水水看个仔细，而
这般地穷其一生，高兴中间
隔着一道寂寞可是叫人思慕的生活？
或者它符咒般地映在天空，
叫人一天眼帘跳个不停，
回到屋里还感到晕眩，
只好向着窗户苦思冥想；
我曾经不止一次地朝着那
黑点的天幕喊去——不止一声，
直到它拍起翅膀才敢释怀；
甚至家也搬到山上，用乱石堆砌，
似乎这样靠它近些，才好去证明
炫目的天空并非空无一物——
今天它豁然凸现在山顶，
又好似要销声匿迹——消失在
光的缝隙里，而我埋下头
把一首诗写得又长又短，
这是否也算作一种回应？

或者我真该再喊一声,
让这一天不再死一般沉寂,
或用力将石头一块块抛去,
再抬头仰望,直至目光充盈。

2019

庄子

当清晨在垃圾车的摇铃声中醒来,
一只蝴蝶已匆匆离开居民区,
这让一个人高兴地说起《庄子》,
说这个死人曾经如何在梦中
与一只蝴蝶相遇,醒后取笔写下,
向世间描述那幽暗缠绵的一幕;
"但他没说,那是自己走出躯体,
把生前一场好梦交还给世界,
或者他什么都没说,只是把花香
留在床上或枕头上",他笑了一下
我也高兴听他如此节外生枝,
把两千年的老生常谈说得这么美:
"那蝴蝶也一样,一样突如其来
一样什么都不透露,只是它
悄然的离开,那轻妙的翅膀
至今让人叹息不已——它或许
已飞向天堂,不远千里万里
或许仍旧四处逗留,却叫这一天
显得意外清亮!"他不亦乐乎
不说这一天指的是哪一天——

倒是桌上那本书自己又翻过一页
恰似庄子在暗中吹口气，拂袖而去

          2019

最后的雪

窗前的雪不知不觉地
厚出一尺,倘若它堆积到房间
会有膝盖那样高——我这么想
兴许只是让自己高兴
就像那只乌鸦又蹦又跳
今天它独自轻落在那里
仿佛世界的白色漫游
来自它夜色的充盈
(那黑色的羞涩)。然而
倘若它不停地聒噪
只因晓得一天的时间
天黑前还剩多少,最后竟唤来
其他的黑压压的一片
那想必会是另一番光景
我倒宁愿这中间有道帷幕
挡住一些你不想看到的
才好去看清另一些什么
眼睛里只装得下那晶亮的
一点,两点,或屈指可数
再任由它们落下,落下
都落在大地的琴弦上
或者换你在房间里望着

又不由的喊出一声：我爱
那乌鸦，一如它爱世界
或依旧伴着房间的蓝调
叫那温热的欲望，成为
彼此间可凝视之物，叫世界
原本望不到头的那份荒凉
成全一场真实的邂逅
或继续估摸着，望着
透过那冰窗窟窿，透过乌鸦
无穷的黑，嗅出它的白
（那黑色的羞涩）——就这样
让壁炉前的烛火衬托
你的美，让一个深处的日子
忽隐忽现，从此开始我们的全部寓言

2020

霜降

一度醉心于星星
从而疏远土地几步
今夜才高兴看到
那霜花闪闪
虽非自天而降
竟也能眨眼间
将偌大的庭院落满

就这样立足在昏暗里
依傍着几丝天光
再把这晶状的世界
仔细地瞧个遍
才晓得昏暗中自己
像在梦里才睁大眼睛
且忘了这一年四季

中间总有那么几回
叫大地施展障眼法
叫这冷冽的一幕
先是透着阵阵彻骨的寒意
到白天映入眼帘时
又化作融融的赐福一片

2020

第五辑
组诗和长诗节选（1982—2015）

死亡组诗（修订版）

　　白天将更加短促——题记

1

穿过寂寞有穿过寂寞的手的形状
深秋的气息发自无言坼裂的泥巴
傍晚时分静谧有如滞水，超验般
暗示着一个封闭的日子已到尽头

黑暗不分彼此却又充满万种可能
我听见园子里长出一个梯子
比树高比一生久远——为此我可能
已有所选择或再次无所适从

由于时间，我将比自己走得更远
像泥土中的瓷，光洁如天上的云朵
而灵感的手指尽头是月亮
带着十一月的寂静和温和

至少我可以暂时住下不离开
看着夜，这个即将收割的脸庞
看着它那边的黎明千万只耳朵
聚集成一座座漫无边际的天堂

2

多么奇诡的黑暗呵!每一次经过
都会抖动缀满星辰的羽毛
好像处在难言的满足状态
借助回忆消化眼前的幻影

多么奇诡的黑暗呵!它的影子
充满了形形色色征服的欲望
并且基于对现在和永恒的理解
把整个森林归于一棵树的睡眠

多么奇诡的黑暗呵!只是当你
终于成为某种分离物——生和死
也同样不再赐予我以光明
我又该如何阐述你的依稀存在

告诉我,现在是什么在将你占为己有
由于时间,我将比自己走得更远
而那个神情虚无近乎傲慢的死
把羽毛抖动,把衣褶拉平

3

不可预见的事物就像梦不能
预见醒来。就像你盯望着世界
梦却从另一扇窗口望着你

以至你回到现实已几乎不可能

可那是你吗？那个在梦的眼睛里
迟缓而犹疑的是你吗——不然就是
你尚醒在人世，只是在尝试着躺下
从此一动不动已经很长时间

你显然还醒在人世，只是毫无声息
不然就是你早已委身于黑暗
这才叫人听到黎明的升起仿佛
始于夜的一阵陷落，那莫名的长叹

或许这只是一场可见的梦，而你
除此之外别无选择——你似乎
仍在烦恼这一天为何死一般安静
由于那不可预见的事物

4
因此，死亡不是用时间而是用死亡
证实自己——你看到和听到的
仅仅是死亡，不是开始或结束
不是穿过事物一个人放下包袱

一个已故之人对着所有的耳朵
传递的死亡——死亡甚至不是用消息

而是用死亡到达你的桌子，到达
月光下你奋力下注的白色骰子上

你感到脚石头一样沉重，你
就是石头了——这就是死
不是用时间不是你穿过事物
可以还原的，而是当你回家

死去的人仿佛还活着，活着的
却已死去——这就是死亡
不是时间甚至不是陌生邻居
骗你的那样；而是你只能接受

5
现实的哭泣，植物一般持久的哭泣
有时你察觉到它悲伤的根茎
除了一片湿润
却不知它已抵达什么地方

现实，留下一个同样悲伤的女人
她什么也干不了
除非作为一种痛苦的媒介
将语言磨砺成声音的碎片

你随便打开一个事物

会发现那女人的哭泣的形状
你会在她镜子里看到房间
不再是原来模样

你再打开一本书，会发现哭泣的
植物的形状，只是干瘪了
不小心会落在地上
化作泪水一滩

你再摸摸桌子，那上面
盘子的哭泣——在哭端在手上的脸
在变成女人那瓷一般
泥土的阵阵疼痛

你会坐在旧观念的矮凳上
感到坐的人转眼刚离去
却不知已去多远——啊
有生第一次再没有了死亡

你会感到茫然，皱纹变成了木纹
手指变成了树枝
要求着彼岸的回声，因为
那边是一片白雾笼罩的森林

6

你到达一个地方,另一个地方
这边说:"再见",那边说"早安"
你一脚跌入老年,一边却扶着童年
这样仿佛你的靴子足有百里长

你在草地尽头轻松散步
又以一棵树的姿势回首顾盼
你微笑的一面是花朵
一面却是凋零的花朵

你是阳光照射下的白色小屋
在关着门的小镇追逐失去的意志
夜深人静的时候,你竟起身走向棋盘
跟自己不知不觉地对弈到天亮

每当逢到生人你还会脸红
你到底还是没改掉不修边幅的习惯
你还常常到老街口捡回往日
被愤怒的母亲扔出窗口的那个穷烟斗

然后回来逼儿子画画,领引他
慢慢穿过一道道经验的长廊
可是这一次你不到半途两手一藏
消失在无穷尽的空气的分离物中

7

白色的房间,父亲,请告诉我
开始睡眠会听到什么声音
我久久地守住你的躯体,驱赶着黑暗
听见你的区域一片沉寂

请告诉我,父亲,这下半辈子
我们还要赶多少路才能相约
或许今后的一阵风会叫我们忘却
而你在那边的落叶中会感到孤零

告诉我,你那蔓延着白发的故乡
那里的掘墓人掘土正欢畅
而死亡又怎样地遏止住一朵流云
让它悄然消失在山峦的背上

我觉得离你的心脏那么近,那么突然
以至你停止了一生树叶的喧哗——
你是否也在把我在一个年龄里匆匆放下
仿佛我只是你现实之外的一个儿子

啊!父亲,请捎回一点声音,告诉我
开始睡眠到底会听到什么
还有你的影子,那被拒绝在时间面前
再也无法逾越的回声的影子

8

但是父亲,此刻本是你午睡的时辰
把门关紧——这曾经多么重要
保持宁静——这曾经多么重要
只是如今它的重要性在哭泣

谁会在这时寻找你,哪个哪个
不可避免的时辰在寻找你
谁会留意那扇午后虚掩的门
多像你在睡中被省略的咳嗽

你准是又有一个拥挤的去处
让它成为你晚年最后的乐事
那里漫步着多少逝去的熟人
手上都持着一个相似的鸟笼

然而,什么样的鼾声终于止不住
大路上的卡车震落窗上玻璃
父亲,这是什么样的生活啊
我听见死亡在到处模仿你的睡眠

9

有生第一次再没有死亡,那里
不存在爱情。只有绝对的天空
和一声咳嗽时忽然停止拍打

凝止在空气中的手——甚至

也不存在一丝记忆。啊,父亲
此刻一切已纯粹得近乎简单
因为我注意到一个孩子,正哑巴似的
目不转睛地朝你的花朵微笑

有生第一次再也没有死亡
而你这次竟应验似的闭上眼帘
静静地仰卧那里,可那是
一种什么样的姿势正朝着

逃遁的方向接近虚空,哟
你是否还会上升,用你那
一生的呼吸累积起来的身体
它的石头气味,它内部烟草的气味

有生第一次再没有了死亡——
啊,除此之外还能有什么
当你终于离去,嘴角没有一丝遗憾
我怎能不困扰你留下的那个孩子

10
这留在指尖的冰冷,让我再次试探你的皮肤
你的意志,你暗灰色的苍穹

而阳光过不久也将仪式般照亮这一切
把你行将告别的都变成水

此刻,你的睡眠那么轻那么深
仿佛无名的船只停泊在江中
那里的岸上到处是求渡的人啊
而你显然已不能作出回答

你也不需要回答,因为世界
什么也不会改变,甚至月光
这座古老的天庭依旧静如死水
它爬藤的空地至今还亮着神秘的窗口

啊!既然你如此执着内部的黑暗
回到现实已不可能,我也不悲伤
但至少让我倾听你——我离你那么近
触着你的冰冷,你的固执,你的温良

11
事情变得更加肯定——你
不会再回来了。房子空空
一只带电的猫掠过。一个
尚未死透的树枝在颤动

疑惑是肯定的——你

肯定有一部分还在接受
在对准一部书慢慢读
直到它枯叶一般瑟瑟地响

然而就在你微闭着的瞳孔
和眼睑之间,夜在习惯地下滑
而门无意义地开着
而你俨然已退避了某种莫名的求见

这样不如说你已完全看不见
只是含混的表情还带少许羞怯
或许还有少许的无辜——哟
这有生第一次再没有的死亡

12

梦是属于泥土的。一旦你的消失
带有泥土的印记,梦就不再是言辞
而是松土的一部分。而整个现实的话题
终将指向同一个封闭的日子

梦是属于泥土的。万物死一般沉寂
而你不在言辞里,甚至不在死亡里
而整个现实的话题也不是它
埋在深处的舌头所能触及

哟，地面上的一个终极一个方向
都是梦的开始和它的开始所指
虽然还是那么短暂，但至少让我们
暂时住下不离开，因为梦是属于泥土的

我们非常脆弱，眼睛被泪水溢满
不知道开始睡眠到底会听到什么
不知道何时才可以留下诉说
在这飘逝的十一月的寂静里

哟，由于时间我将比自己走得更远
尽管现在几乎就是一种逃避
但是大地永远坚实而持久
因为梦是属于泥土的

1987

蟋蟀之死

1

如果一只蟋蟀死了
如果一只蟋蟀在它
空出的地方死了
如果一只这样的蟋蟀

死了,空出了一块地方
如果一只蟋蟀证实了
在自己的老地方死去
并说出某种东西坍倒后

留下的寂静和自己的消失
巨大而无边际
给无辜的夜留下一个缺口

如果一只蟋蟀再也找不到
回声或再也无法填补
隐藏在内心小天地的一块空白

2

如果一只蟋蟀死了,躺倒在

它自己的缺陷里,如果它
不再仅仅满足于声音的存在
那么我在这里几乎也是虚妄的

我是虚妄的,如果我从未听见
也不曾想到;但现在它
如同死在最初的夜晚,以至
黎明的升起仿佛始于一阵叹息

是的,我已不在乎现在是什么时候
也不渴望提前到达什么地方
如果那只蟋蟀死了

虽然我震惊于一个双重的决定
仍旧是生与死
但我不再梦想超越其上

3
是的,这纯属一种境界
比语言更轻,比梦幻里的声音
还要缥缈,就像一丝星光
可以披在身上重游故园

是的,这纯属一种境界
比灵魂出窍还要静

比一只蟋蟀还原另一只蟋蟀
比死的到来还要准确

是的,它死得如此优雅
以至所有的寂静
如同落下帷幕

而且几乎不为人知
死在雾的边缘,只露出一只
尚在喘息的脚,叫人不禁地叹息

4
死与死有着不为人知的距离
它使夜晚破例降临两次
它重复着一个地方
如同我能够突然面对自己

然而是谁仍在诉说附近的
一个空白,诉说着岁月的逃遁
留下的这一小片灰烬
并将忘却的记忆重新燃起

而这又是什么样的记忆在继续
朝着黎明方向编织夜的声音
要求最后的庆典——

在比诞生还要久远的地方
在我们悲痛的脸已经转白
一次次丧失的乐园里

5
在这里,时间没有具体意义
事物也不暗示行动
在极其畏惧的黑暗压迫下
唯有声音轻轻擦伤寂静

在这里,空气没有丝毫变化
所有的事物仍旧是事物
所有的地址都死在途中或尽头
唯有死亡仍在模仿一次约会

再没有比今夜更暧昧的夜
我们听见一声喊叫越过屋顶
在用一个名字喊一个人

我们听不出是谁,消失在哪条街
因为在声音中断的时候
寂静仍旧是寂静

6
一切皆停歇在空虚的解释
让我们暂时把它们放下
因为在所有既定的范围
死亡仍在模仿一次约会——

是我们必然归顺的那一次
与死亡相去不远的那一次
而所有的方向直指那一方向
而寂静依旧是寂静

在那里,消失是共同的命运
如果我们走向一个人
我们只是走向他的外形

他的年龄,性别的花园
某种错误的抽象判断
以及他的完结

7
而这就是他,已经不在了
但他留下一道薄暮的景象
哟,没有人能避开他而不像他
也没有比今夜更暧昧的夜晚

而这就是他,已经不在了
但他的曾经存在
却比一面镜子上面满是灰尘
要可能得多,现实得多

而这就是他,比死还相像
只是依稀模糊的眼睛里
倒映着苍凉的世界

而这就是他,我们有着共同的
草的身世,和风扫过时
堆积在我们脸上的永恒的阴影

8
在我的桌上有物质搅拌时
要求融解的呻吟
夜已深沉,在轻如脉搏
充满幸福感的乡村道路旁

小河静静地流淌。但是如果
一只蟋蟀死了,这一切
就不会在我灵魂蜗牛般
耳朵的深洞里回荡

寂静仍旧是寂静,但是

如果我试图关上门
发现自己仍旧站立原处

那一定是因为一只蟋蟀死了
死在它空出的地方
虽然我已几乎听不见

曼凯托

1
曼凯托,一天雪下多了,这镇上的雪
仿佛小小的地方教堂,把节日的晚钟敲响

已堆积到第二个台阶。但没有人
没有人站出来说这是季节反常

"想想现在也该是冬天了,厚厚一层雪
必须把它们照例铲开,堆放两旁"

然而没有人在听,只是孙太
在自言自语,在继续推开盘子

事情总得有人去做——大家并不在乎
这句老话,是一种推辞还是表态

只是孙太红肿的眼睛,在雪地上
看到一对斗殴的天使

翅膀完好无损,并有一阵微风
吹醒了他,在那温暖僻静的梦乡

2

每天,总有一些人提早醒来
而成为我们出门时遇见的人

总有人在提早开始一天,然而
用不了多久,他们又要睡去

每天,当孙太扫完门前雪
日子好像又回到了昨天

哟,我是说我不能理解
当孙太活着的时候,他又是

怎样活下来的。在花园的后架旁
他奇迹般地赶上我父亲

喊着要到远方养蜂,已经
有了合伙人,可是没等父亲回答

他已踏上了海浪,月光下
撒出渔网,像一个健忘的人

一个爱开玩笑的人,从他的故事
跳开,从这座永恒的房子中走开

3
当孙太把船从树影下移开
雪地上就有一个不大不小的船印

现在,我们把他的躯体翻个身
希望底下压着一封信。没有

或许信已经融化,利用
这场错误的雪。文字模糊了

或许根本没有文字。孙太
自然把握不了这种美。他不会自杀

这第一场雪,当孙太把船
推入水中他震惊于仿佛听见

处女的呻吟,仿佛在房间里
所感到的巨大空虚和委屈

一个大海的孩子,当他来到海边
他就注定要被一个拒绝回家的声音

永远地带走

4
在十一月的下半月
我们能做什么——

我们在棉被的洞穴里
在炫耀其火红色的

漫长而苦短的美洲黑夜
在一个像曼凯托这样的地方

在房间里,孙太不会适应
这里的孤独,当光线

像盐撒入雪地,孙太
在房间里发出尖叫

像门前叮当作响的风铃
摇动它执拗的睡眠的主人

当我们睡觉,感觉到梦里
一个健忘的人,他的船

需要有人帮助舀出水和雪
在离岸不远的地方

5
桌上摆着一盘水果,就有孩子们的喊叫
偏头痛似的朝这边涌来。夜在缩小

黑暗中有人竖起一根手指,弯曲成"O":
好!现在看看谁的嘴巴还有声音

一个寂静而规范的日子,由于恐惧
孩子们提出是否换一个地方讲故事

回答是哪里都一样,因为故事已经
结束,或根本没有个结束

我们总是对那个"O"提出质疑
有所保留,但答案永远相似

那里是一扇门或一扇门的空间
我们曾居住那里,如今仍然在那里

孩子们终于学会了保持肃静
如今那些孩子们是我们,住在

海边,海风刮过屋顶,海浪飞驰
而大海是一个巨大的"O"

6

继续下雪,地面又增厚半尺
或者说为了实现完美,雪按照

往年的惯例继续制造它的镜子
而等天气再冷一阵,所有的

过道,窗口,广场,凡是露天的地方
都将成为它装扮的好去处

在这里,唯有乌鸦是真实的
在雪地上,它们的黑色瞳仁

在世界的白色眼圈里闪动,飞跃
冲撞,燃烧,沉寂,复活

在这里,唯一执着而天真的
也是这些乌鸦

它们落下又落下
这一只和更黑的一只

7

近来,每当我写一首诗,就像乌鸦
在雪地上涂改,涂改一首老掉牙的歌

比起抒情的天空,我目前更倾向于
陈述性的天空,啊,乌鸦的聒噪

比起写诗,我现在更喜欢写信
有时间有地点,人人读得懂

可是近来到底发生过什么——
一个星期除了雪花纷纷扬扬

仍像第一场雪,望不到它的尽头
除了乌鸦像白色坟地上的黑色火焰

充满了厌倦,而送信人已推迟
三天,今后会更久

啊,上帝,什么时候才能
让我们之间的通信稳定下来

8
田野的空间变大
光在死亡

想象的天使
像歉收季节的犁

在缺乏中闪光。这时
你进来躺在我身边

眼睛里流淌着歉意
为什么我们至今还在一起

我们看见爱情像老旧
的暖气设备,像每个房间

一只固定的鸟
像在这座永恒的房子里

一个难以捉摸的念头
在我们受冻身体的雾气

一场集体的雨里

9
天依次黑下来
乌云沉重

孙太在房间里洗澡
和他那潮湿的妻子

哦,夫人瞧这些脚趾

这些可爱而丑陋的数字

它们多么拥挤,多么令人难堪
但记住这些对您有好处

在这空虚而悠闲的时刻,记住
我们身体的细微变化

记住这海洋般隐忍的痛苦
而夫人您将重放光芒

记住窗外,孩子们开始玩雪球
他们将沉迷于另一种事件的真实进程

10
有一次,也是仅有的一次,我坐下
写诗,正巧孙太推门进来

"怎样写诗",他问"是否跟捕鱼一样"
但愿如此,我心想

后来的一天,我走向他的船,毕竟
他同意多一点见识对我有好处

在海上,一只乌贼弥留水中

晶莹透亮，犹如空气

又犹如乡村里小小的
漂泊的教堂，安静而忧郁

我请求孙太慢点收网，而当我回头
只见水中黑烟弥漫，一片惊慌

乌贼逃走了，像一个犹大
诗也一样，诗背叛你

利用灵魂的浑浊

11
有些日子，孙太的房子会
不知不觉地增高一层

"你怎么会这一手"我路过
并顺手抛给他一块砖头

一个砌砖者俯身在云端
在金字塔似的房子上方

立梁那天，我抽出一天
帮助他拉住一根粗绳

想象当年的十字架撑起
一个天庭也不过如此

"只剩下屋顶了"我说:
"是否让我明天再来"

一个健忘的人,一个爱开玩笑的人
如今他身后留下了我们

和这片空空的,绝望的空间

12
雪花的舞蹈已近结束
这哑巴季节的最后的手势

将被另一个哑巴的开口说话
所代替。第一场几乎没有的雨

创造出一种朦胧景象:
在我的桌上,一块石头

它的突然消失是轻盈的
在海边,海水淘空孙太的眼睛

几乎没有的是这场春天的雨
今天,当我站在家门前

我震惊于自己的预感——
如今孙太已不能理解这些

他也没有留下那封雪花的信
在他沉重的身体下面,在桌上

13
从寂静的邮局,到三个邮递员出来
天就开始下雨

都穿着绿色制服,他们肩并肩
骑着自行车,谁也不超过谁

看得出他们前程曲折多变,遥远又辛苦
但眼下至少有一段路尚可同行

都穿着绿色制服,而如果谁
分别遇上他们,在垂暮时分

三张寂静的脸,同样孤独朦胧
那就是他们已从各个地方回来

那就是一天已经过去,请不必惊奇
也不必去分出谁是谁

他们夜晚的脸,待会儿会像蝗虫
在家庭的灯光下聚集,格外幸福

14
今天是我们石匠邻居的节日
一场永恒的交易正在寂静中进行

在家门口,站稳了羞涩的母牛
让那牵自异乡的公牛嗅出她

我问两个主人:这是为什么
回答是一致的:挥鞭的声音

像两个互相陌生的屋顶
在闪电下交媾

一次两次,中间还隔着
滚雷般的沉寂——

孙太曾经为此泪流满面
当公牛站远,充满了悔恨

留下那梦幻的母牛
忘记了日常的劳作

留下石匠的无动于衷的脸
堆起一朵短暂的微笑,就像

五月菜地里的大蛤蟆

15
也正是这一天,我们镇上
唯一的棺材店老板死了

人们心情沉重地围着他的尸体
在他月光一样挂着黑匾的厅堂

人们怀恋他,站在他的棺材后面歌唱
而山里人,那些孤陋寡闻的人

依然在山上为他砍伐木材,而孩子们
消失了,他们再也不敢涌进他家捉迷藏——

没听见他那熟悉的霹雷般的吆喝声
孩子们是不会从成堆的棺材后面

现身。如今这一切都过去了

虽然他那忠实的木工,亮晶晶的斧头

仍旧在墨斗线上一寸寸地咚咚向前
他那孝顺的儿子也已长大成人

16
下了一个月的雨,就有井水溢出
把搓衣石板上的女人们惊起

她们笑着骂着,闪跳一旁
她们彼此告诉对方身上有水

企图阻止,避免水荡开,晕开
又紧贴着把部分肉体显现

手在这里是徒劳的
衣服在水里展示了丝绸质地

她们的嘴唇颜色的乳头
和其他羞耻的颜色正在像

帆布那样浅色的遮盖物后面
渗透出来,而肉体如风鼓胀

这里还有像地平线那样遥远的颜色

可以点燃，而当你把它点燃

你就无法把它熄灭

17
我想当年一颗苹果落地，决定了海伦
必须在十年的战争中漂泊。她去了

今夜，一个咒语和遗忘的废墟王国
她的红色头发和水草的绿宝石头发搅和在一起

今夜，扎好头巾，她们来到海边
她们把船交给男人，那是全部的生活

她们直到看见海浪把男人们送回
心里才落下一块石头，菜地里的

蔬菜才会长得欢快和田地里稻子的颗粒
才会坚持饱满，给人以希望

她们的腰的生活，支撑了整个世界
没有她们，男人们的船只将会沉没

码头上的搬运工人，一谈到她们
沉重的一天就会很快过去

她们，仿佛就是每一个泥瓦匠
在工作的屋顶所谈论的全部上帝

18
我已离不开大海，
也不能想象，当我从山上的家

沿着台阶下来，
大海有一天突然不在了

昨天，我看见对面山上
的红色寺庙，一个泥瓦匠

从屋顶滚入地狱
地面上栽下一朵大红花：为了什么

为了改造成一所普通学校
为了雨会漏下来，为了

驱散一阵云和有人用当天
的报纸包紧一头鱼，并且

重重地放在我们的穷桌子上
说这是蓄意已久的

19
同样地,假设一个早晨,我们
可以下降到海底,像潜入教堂

但不需要那些说教的空气,我们
自由呼吸,周围是海星千年沉寂的光芒

我们将作为发现者重新找到孙太
一个复合的灵魂,他几乎不认识我们

他说我们头顶上面另有一个世界
而我们从未在那里生活过

他的话语是泡沫。而我们试图理解他
至少我们一起上升,直到在天文学的

意义中上升到新的一天,那里星球是星球
真实而粗糙,像天狼星那样的星

只会像狼一样在脸上泛着灰烬的光
而孙太读得懂这些神秘的熄灭了的语言

20
想想吧,那一天我们是怎样
推开人墙去辨认孙太——

这个曾经盼咐我们等待的人
这个日夜行走在海面上

却不谙水性的人,他的姿势
已被摆放端正,已从一片烂木板

移到桌上,类似一个结论:
哦,上帝昨天造出一个孙太

今天又在我们膝盖上放下另一个他
而对世界这些只是简单的事情

孙太甚至还是微笑的,像他的童年
一个孩子,有着海螺般的听觉

他摸上去甚至还是完整的,海水
的皮肤留下一层薄薄的盐

21
当流星陨落,我们在什么地方——
在城里酒吧看脱衣舞

那个姑娘正伴着鼓点,一层层地
卸下内衣,花瓣似的抛撒空中

像我们忌讳见到的金环蛇
绕着树枝脱去美丽的皮

一个完美的造物,一个世界的胚
但她并没有来和你一起升天

还在台上她就瞧准你是乡巴佬
向日葵的喝红的脸下系着肉麻的领带

哦,发现了自己好奇,我们在什么地方
在闪耀着霓虹灯字样的乳房之间

在慷慨付钱,把钱放在一只哭泣的盘上
并觉得自己再也不能离开这里

当那颗亿万年的流星划空而过
又划过山上那一座座新坟和旧坟

22
夜里,幻想的光芒使铃儿发疯
我听见一个人在对另一个人念叨:

亲爱的！啊亲爱的！这些果子收获起来
足够满满一筐，可是昨夜被人隔墙

敲去不少，用一根灵巧的竹竿
梯子还透出树梢

啊！一切都是为了有节制才有收获
这又怎样？贪婪的人可不管这一套

当初天堂的那棵树又怎样？哦
但愿那个家伙知道该受惩罚

啊！关于那棵、那棵未熟透的芒果树
如今我们还记得多少

岁月缓缓流逝，冤家变成亲家
娓娓话语变成漫天星辰，照亮到黎明

23
依然是小镇，它从乡村变化而来
更早的时候，它兴许只是一个手势

孙太曾经喜欢在这里生活。和那些石头
它们由一万年前的花朵变成，至少在我们

开口说话之前。大海依然在桌子上方
像一本旧挂历,记载着节日

而打屋顶望去,我母亲正在从山上的寺庙下来
留下孙太的妻子独自在那里

而我父亲带来另一个养蜂的亲戚
这个本质上与孙太是同一个人

面孔却完全陌生的漂泊者
由父亲替他说话——而那时

一切是无言的。雨依然是雨
雨的确切存在创造了三月

而三月是我的出生月

24
那褪尽了颜色毫无意义的
是小镇上空那块乌云

它甚至没有形状,沉闷无比地
靠不说话过日子——

但它拥有一切,拥有和我们一样
的时间。今天,当父亲

在屋顶上清扫烟囱,弄得一身黑
我能理解他对这个世界的爱

然而有人在开他玩笑,他们藏起梯子
条件是继续把瓦缝里的落叶扫干净

才让他下来。那时我正在街上
闲逛,我远远看见他又脏又累

身陷在一片摇摆的风景,猩猩般的
双臂受到惊吓又无可奈何地摊开

25
那安静的夜。我打开斯特拉文斯基
的《春之祭》,海正在涨潮

并且很快地贴近我们,这时
音乐就像你放回大海的一条鱼

你会为此追寻它,直到发现一个天堂
然而就在这个白天,退潮的鼓声轰鸣

泥滩尽头，一只螃蟹留在了网上
犹如巨大的蜘蛛泛着绿光

然而，为什么眨眼间那里出现一个洞
上面还挂着钳子似的绝望的脚

哟！我想，在这宁静动听的夜色里
在这虚幻的世界，我们已得到

太多的东西。当我们关上门户
堕入梦乡，我们多像那个春天的小偷啊

26

一场小而激动的雨，当它
把晶体的卵排在玻璃窗上

又在意义中隐藏起自己，我们
看到了一个斑斑点点的世界

雨的完美，使我们想起雨的缺陷
现在雨就下在它自己的缺陷里

在玻璃后面，雨就像隔壁那个
跛脚裁缝，正在把雨点

歪歪斜斜地缝进春天
春天中的平凡的一天

这场小雨，还使我想起儿时
灯光下摆着那些蚕，小小的嘴

吐着一丝丝光，织出一个个
小而又小的天堂，它们的白色身体

也因此更加透明，托在掌上
直到变成蛾，再一下子释放了自己

27
夏天，我们坐在码头的水泥台阶上
一个男孩屈身跃起，双手抱住膝盖

就像我们在母亲子宫里看见的那样
当他坠入水中，溅起一个水花的世界

这时老父亲已经游开。他躲过了第一道凶险
用他刚刚学会的泳姿，笨拙地

他还不能把手举过水面。他拼命踩水
也只是勉强使身体多一些浮力

看见他下巴吃力，我一阵紧张
往常他总是独自站在够得着的地方

用又长又宽的毛巾擦洗背、脖子和腋毛
以及在水下他那蓝色的皮肤

现在他稳定下来了，因为我在旁边
我说：夏至已到，父亲，我们有的是时间

游得更远——但是没有，什么也没有改变
仍然笨拙而沉重，直到他死那一天

直到我放下他的手
把它放在手的重量里

28
想想我们开拓这个池塘
将给今后的日子带来什么好处

父亲和孙太，当他们站在后院
一洼积水给了他们丰富的想象

后来雨水的泛滥又成全他们
想想他们挖土，把土运到别处

把水留下来,为什么不呢
我们有的是土地,况且

这里的冬天比夏天长——
想想下雪,结冰,当我们醒来

夕阳池面上,有小孩三五成群
朝着无穷的惯性的夜滑去,回来时

都已是大人,身后带来更多的孩子
更多的光,而父亲和孙太

就是在这样的光中继续挖掘
直到碰上树根和骨头才挺起身缓口气——

世界并没有改变多少

29
此刻,我赤足踩入这片宽阔的
烂泥滩,海已退到最远处

此刻我站在海曾经淹没的高度
是一个等待接受测量的人

我想这也是大海暂时腾出

土地，利用距离嘲弄我的目光

我想起山上那些寺庙
它们烟雾缭绕，宛如一种知觉

一种瞭望。我想世界需要这些
我把鞋藏在岸上秘密的地方

而孩子们奇迹般地偷走了它
——像又穷又破的船，像孙太

留下的，当孩子们偷走它
又很快在另一个地方把它扔掉

而这正是合适的摒弃

30
蜜蜂的蜇迹和
蜜蜂的老虎花纹

森林，手，岛屿以及
所有罕见的事物

我必须把那一天
当作永恒的告别

今夜，我必须像推开一本书
把它像上帝的眼睛

轻轻合上，把它像我们的
养蜂亲戚的手从现实中搬开

这双崇高而暗淡的手
曾经征服过恐惧。这双手

如今环绕着成群蜜蜂。蜜蜂的
蜇迹和蜜蜂的老虎花纹

       1992.11—1993.3

抚摸
　　——给平儿

之一

大清早,你震惊于,
梦里的一个声音,
像神明留下口谕:
有人偷走了你的土地;

我侧过身望着你,
抓住你的脉搏,
断言此事,
跟你的怀孕有关。

那古老苍凉的声音,
想必公正,严酷,
充满了"可能",
不过它也可能

什么也不是,而仅仅是
一次身体的言辞的波动,
类似于一种抚摸,
只跟遗忘有关。

一个带光亮的句子,
但琢磨起来又有点暗。
你明白这样的安慰,
你望着我的手。

之二

直到肚子真实地鼓起,
开始跑去呕吐,
并且一次之后
会有更多次。

"啊!亲爱的妻子!
你梦境里那片漆黑的土地,
甚至可以追溯更远。"
我一边追上你一边说;

直到你脚步漂浮,又
回到床上。我继续说:
"当初上帝用泥土
造出那一对,如今他

自然也能,在你的梦里
用一张泥土般
无遮拦的嘴发话;

而这正是上帝的爱。"

我,又跳出一句。
这一次你吐得更厉害,
仿佛笑弯了腰。
我感到自己很冒失。

之三

我突然记起婚前,
一个破晓时分,雾气腾腾,
在山上的浴室,那时
站在镜子前的你,

转过身来,一张蛋形的脸,
刚刚用毛巾敷过,
红扑扑地
映入我的眼帘。

自然也映入了我的手。
我想:这是我正在触摸生活,
而在此之前,生活
却似熨过那样平。

而未来如方舟,

正在窗外起伏地来到。
群山涌动。你
凝视,然后摇曳,

仿佛那一夜风雨,
早已将我们的身体的缔结,
化作早春山上的
红梅一枝。

之四

所以才有了一天,我走向卧室,
吃惊于床头的时间,
比客厅过道上的钟慢,
而你盯视我,眼睛如梦。

另一天,我俯下身,
摸索你的肚子
然而太早,没有一丝动静,
像摸着一篇亲密的盲文——

"那是我们未来的孩子。"
我停下来说,然后
远走他乡,
得意忘形。

我感到我们需要祝福,
却忘了那阵子,
你正想躺下又猛然间
抓住我的手,

然后又自己跑去呕吐
——跑开很久,
直到秋季临产,
我才又回到床边,开始

真正地读秒
显然,你那潮涌般的阵痛,
已更加紧密,
而你必须重新学会呼吸。

坚强的你,这一次
没能跑开,也没有哭,
只是呛出泪,
尴尬地挂在脸上。

这才真正躺下,
重新学会呼吸,
而我知道,如今我安慰你,
只能用我的手。

之五

那呛出的泪,也是赦免的泪,
必须真实地落到地上,
才赦免于我们——我
在耳畔听见上帝如是说。

瓜熟蒂落。我还听见一个
更古老的瞬间的声音,
之后再也听不见
任何声音。

直到一把真实的剪刀落地,
医生说,口径太小,
而孩子又太大;
不过也没有太大。

直到一只暴力的手,
伸进你的肚子,
终于揪住了马犊,
将他连同胎盘一道拖出现场。

之六

大约过了二十分钟,

你也推出来了,
苍白,平静,
扁平,虚弱,虚空,

似乎疼痛已退尽
因而像一个消失了
重要标记的
时间的身体;

似乎没有地平线,
但仍旧凝视,凝视着一个
不可见,却恰恰
也在凝视着你的世界。

"412房!"——我,
好像仍旧听不见,
甚至听不见自己,
的回答,以及

心里落下的
那一块石头。
医生说,顺产,
恭喜恭喜。

之七

如同一个悠悠飘浮着的
女人的身体,
身上曾经散发出
马厩的气味。

现在你就是这种气味,
或者,考虑到你还是
一具梦幻的躯体,
温柔美丽,又

如此驯服,安静,
安静得就像你
正好是一个女人,
而一个女人就必须如此。

现在你就是如此,
安静,驯服,或者
如同终于获得
一次宽恕;

或如同你爱
这个世界,
而世界此刻正好
意味它自己。

之八

我如释重负,不需要继续
在一个空白上,
用抖颤的手,
慎重地签下字。

不过还是签了,
就像你的疼痛的
爱的悖论
所能例示的那样。

只是不敢再加以追问,
因为,死一般的你,
嘴唇如受启示,
显然不可能回答。

就这么躺着,知道自己
暂时还不能动,
但也不能睡去,
否则会死掉;

也不能说话,
最好不要说话,
否则,伤口
还会出血。

之九

但很快又意念般地动了，
在睫毛闪动那一刻，
似乎身下压着什么，
而这么躺着不舒服；

很快又睁开眼睛，
似乎眼睛里的眼孔，
需要看，否则
会叫起来。

我们说孩子已睡，
你也应该先睡一觉，
再吃点什么，
然而睡不着。

——什么？奶？
这时候大家都很怀疑
你竟会有奶。
自然有。事实上你有，

只是有点勉强，
有点专横，
拂晓前都得吃掉，
自然有。只是

我们都很吃惊。
是那第一次吮吸,
让你镇定下来——那孩子,
他真是个奇迹。

之十

那第一次哺育,
不可思议的你,
纸一般白的脸上,
竟忽然飘起一片红晕。

那珍珠般的乳汁,
仿佛一种稀释的
睡眠的水,
先是一滴,挂到那里

如一个生词,
一种尴尬的媒介——
而它一旦断掉,
会很可怕,你说。

然后开始喷发,
和来不及喷发

留下针刺般的胀痛——
啊,丰饶的你,

再一次哭了起来。
一种结块,像地狱。
很久以后你回忆说。
而我抚摸你,只能用我的手。

之十一

现在,儿子两岁,
已经很会走路,一开始就
超出了我们对他的
创造。必须跟着

才能追上。还不太会说话,
爱听音乐,不爱睡觉,
如果你跟着跑进他的睡眠
会明白那是为什么;

已经知道爬到客厅,
去揭开地板上一片阳光,
如同我用手去翻动
一页日记;

已经碰见了老鼠，
但不会喊老鼠，
只是好奇地跟着跳，
但最后却跳入了

自己的存在：
哇的一声大哭起来。
啊，仍然在他的音乐和
起源里。甚至

还来不及坐下来，
教他如何不哭或者要哭
就跑到一个树洞去哭——
在他自己的秘密里。

那一天你甚至来不及
放下电话，把电话线从
他头顶绕开，
跟着也尖叫了起来。

之十二

啊，那天！如果不是
下过一夜的雨，
你就不会看见我

离开房子去溪边,

坐在轰响的台阶上,
看山上滚下来的石头,
听满满的一池卵蛋:
那乱石一摊;

也就不会惊讶,
一条冬眠的蛇,
辗转在石头和石头
的激流中间,

几乎冲到我跟前;
啊,那天,如果不是有人
把池塘当作现成的路,
要从对面走过来,

他也不会看见我像个
旧石器时代的原始人,
神经质地举起石头,
让那粗糙的石斧拦住视野,

心惊肉跳,用力过猛——
然后自己首先滑倒;
然而就这样扔出去,
不知在哪个时候,又在

哪个地方击中了它，
——如今孩子也一样
他已经能照着我的样子，
朝着那池子扔，看水花

溅出一个又一个世界；
啊！希望他不要像我
陷入那笨拙的一刻，
又叫那过路人尴尬踟躇

就当作没看见吧，如今我
高兴自己半浸在水中
一边回忆一边继续捞着石头
将那蛮荒恢复清池一汪

2005

不,不是那扇门

1
不,不是那扇门。但是,请进!
来,看看——比起山顶的雪,不知为何,
这里要堆积得更厚,更冷。

也许更白。白得终于能够看清你
裹在电话里传来的呼吸。
　　　　　　白得如同
　　　　　隔着一道记忆的白
叫人不禁放眼寻思,那天的满地脚印,
或心里直嘀咕:"什么样的东西喜欢上这三月,
在这么早的清晨?"

或者,仍然不知,为何雪继续落着。落在
　　　　　　树的苍老和它那满是黑洞
　　　　　　如同苍穹的空无中。

也落在了我们的舌头上。

2
不,不是那扇门。但是,请进!

　　　　　　此地不是废墟。不是世外桃源。而
是峨眉山上的某处
　　　　　　　一棵古老的树,敞开了。它的树眼
黑洞里的黑,在向前望着,
或盲人黑洞眼窝里的白——那样的白,向前望着,
以至于你不在它的凝视里,却又从它的凝视
看到一个曾是你的你。

这才叫人不知置身何处。
这才驻足。移动。屏住呼吸。手举着相机。
而那瞬间,到此刻只怕还是同一个瞬间。

只怕说起来会很漫长。

3
那无名的,满是黑洞,如同苍穹的树,爬着藤,在
　雪雾幽深处。
它的寂静刀刻般确凿。又仿佛在时间的虚无中
瞪着眼,一眨不眨地,已经存在一千年。

或者它还是一个失去的房间。
像埃及。

4
不,不是那扇门,但若有一丝缝隙,它就是——
我不知是否回应了这句话,在什么时候?
却偏偏去记得,在云南野象谷
和那一天的树屋。在分杈的树枝上。

     你继续说,那是一扇
没打开也没关上的门。确实如此。

在分杈的树枝上。而且,到深夜,一群大象
悄无声息聚集在树下的河床。
但是它们在闪光灯里,拍出来时
竟是模糊的。或者干脆说
是空白一片——那原始的,混沌的,漆黑一团。

一样的黑。很突兀。所以莫名其妙。

似乎那是个虚无的夜晚,其结果就该如此。

5
一个难眠之夜。在分杈的树枝上。
第二天问了,才知道。那是河里埋着盐——
      它们的目的地。

大象。一共两群。隐隐约约。先后地来到。其中

有只庞然大物,慢吞吞地,数着时间的脚步。但它
会忽然间凑近。
当地人说它,有点神经质。
而且毁坏过多处铁栏杆,和森林。

皮肤,老而皱。身上,不锈漆已褪去。但满是苍蝇。
明显伤痕累累。像怒火的灰烬。

      一样的苍老。甚至
感觉到它耳朵底下的鼻子,生殖器一般,曾经喧嚣
 地爱过世界。
然后才一直是偶尔动摇一下。

    小眼睛
映着暮色———一幅不怎么样的图像。又类似某种受
 惊的心理
从未治愈,或者在大山黑暗的某处曾经治愈——
我们不知道而已。

不合群。但始终伴随着。始终若即若离。始终待在
 一个盲点里。
但得不到宽恕。这才是原因。这很危险。

甚至始终嗅着树上那一间间受到保护,几乎合法的
悬荡的房间。

6
或继续嗅着另一个,寻欢作乐的埃及——
那遁形的,满是房间的坟墓。

7
不,不是那扇门。我在想你在想什么。
声音遥远,缥缈,几近于游丝,
我知道此刻,你
只意味你自己。

8
山遍布在张开的地图上,可供俯瞰。
但那是哪座山,哪些山?
有一回,朝圣似的,都到了张家界,
仰望着。没有进去。雨幕中决定北上。再往西。
再南下。

仰望着。仿佛天空有雪的脚印。
仿佛群峰间,一架飞机,发端于光的逍遥。
可是,当它那启示般的冷灰色,
在云层里消失,却像一个沮丧的字。

     火车车厢上,正在一节节地查,
 身份证。

或仰望着
命中注定的生辰之星:
啊,双鱼座!双鱼座——
精神的羽翼抖擞,
眼睛的瞳孔放大,
背包,永远如风鼓涨

    但毫无疑问,
    里面尽是相机,纸巾,动机,常识,面包
    都冻住了,石头一般沉,尤其是那些胶卷
    得用手掰,用嘴,用哈气,用脑子考虑。

如何才能潘多拉似的从盒子里拉出,
轻放在一旁?

9
然而此刻,你只意味你自己。

你,一年之后,或更晚些,肯定地说:"其实
当时是树背后的远景一直在迷惑我。"

这才是核心。是。但没人晓得那是些什么。

这才恍惚不安,脑海里
不由地浮出一幕幕。

就像那树洞落满炫目的雪
你或许还意味着我想象中的全部知识

或者正如你的声音
因其内在的空旷和稀薄，
空气逐渐急促，流动，或激动，或冻住了——
那是你的另一个形象吧，或某种可凝视的白，
　　　　　　　　而且可凝视很久。

　　　　　　或者
一如某种黑暗的缺乏，你
仅存在自己的眼睛背后
和那一天的蛮荒里，
已经太长时间。

从而才如此绝对地，清晰。

10
纽约。照片洗出来了。没有高高的山巅，
没有一览众山小。但都是梦寐以求的。

都人迹罕至。包括后来去的九寨沟。它的瀑布挂着冰。
到处酒店关闭。真是计划经济时代。
其中一家勉强住进去了。但没有水。也没有被告知
　　　　　　一场特殊的种族斗殴

　　　　　　　　　　正在昏暗中加剧：为

　一块工地。也许还为一个

　　　　　　　子虚乌有的什么理由。

一共两群。同样悄无声息。

同样没有走漏风声。

序幕早已拉开，电话早已仪式般，暗中切断。

而衙门里有人，只睁一只眼，闭一只眼。

　　　　　　　　因为这是一块肉。不用嗅。

　　　　　　　　因为大堂地板上，已经躺着几把藏刀。

　　　　　　　　走廊过道上，一个藏族女服务员

　　　　　　　　正想上楼送来开水，

　　　　　　　　却停在楼梯口尖叫。

一样的白。或一样能呼吸到。或一样有着远古的，漫游式的

部落式的——漆黑一团。

11

不用嗅。外面下着雪。清晰。

12

四川瓦屋山顶上，那热气腾腾的，一脸盆，可喜的鸡蛋。值
　得珍惜。

鸡蛋很少,摇晃起来,又像是多出来的。值得珍惜

很少。不可数。像那些日子。值得珍惜。

树和藤的缠绕,值得珍惜。尤其是当它们在层层叠
　　叠的光中。

躺在某棵参天大树下,那入梦的样子。值得珍惜。

光中退却的大象,带动了森林的喧哗。值得珍惜。

屏住呼吸,因为房间摇摇欲坠。值得珍惜。

而在水下,盐和盐的死灰色。值得珍惜。

这不算是安慰。可能说出来,也不算太苦。值得珍惜。

13
如此炫目。一些东西隐匿着。
都近在咫尺,才远在天边。
而你晓得那是怎么一回事。

在那个三月——包括西安的城墙,
它们是古代的长安。
显得有点陌生。

沿途喘着气。两个老友
千里迢迢地飞来——不期而至。
你晓得那是怎么一回事。

包括后来在加拿大北部。海面结冰。到处是冰洞，
偶尔才有人前来垂钓。但垂钓着
像在垂钓着，另一个不可见的国度。

你晓得那是怎么一回事。因而
仿佛什么都没看见。或看见了，
又什么都没听见——或你需要个盲点，

      让镜头推进，拉远，
      甚至可以忘记身后，一处冰窟，
      正漂浮着，透向海底。

啊！同样人迹罕至。同样的黑。同样的白。
但并非就是坟墓。

或只是漂浮着，教人去懂得
这个世界没有个尽头，而你知道如何安顿自己，
在某个适宜的时候。

14

不，不是那扇门——但是，请进！
这里并非空无一物。或者说，至少
比起从山顶上下来，大海突然不在了

比起某种空白，这里要可能得多。
也绝非空空的造访，因为毕竟
总会有一些东西留存下来

而你晓得那是怎么一回事
或者总比突然不说话，
比起外面的世界，这里要安静得多——

      而至于那棵树，敞开着，
       如今挂在房间墙壁上
却也是一种真实：
原来它在极短的时间内
获得两次曝光，
从而像在自身的震撼中
得以降落两次——这
很可能

而如果它真的像从天而降
又为古老的眼睛所看见，冥冥中又得到赐福，那么

在那座长着灰白胡须的仙山上，

必定留有你那朝圣般黑色的身影。

15
事实上，你曾经独自，又回去过一趟。

2003 初稿，改于 2018 元月

梦歌

曾几何时,我梦见你客死他乡,我梦见
一个乡巴佬,流着汗,仿佛每一天的撞见
又几乎是陌生的。我梦见自己翻山越岭
奔跑在报丧的途中,不知何时才能到达,
可当我到达,一汪十几米见宽的池塘上,
一只蝴蝶正对着水中的自己翩翩飞舞,
轻盈的粉蓝色的翅膀已经涨满雨意,
它绕过水雾,震惊于一座月色的房子
在睡莲般的阵阵涟漪中忽隐忽现——
那是你的房子吧,不然就是水晶宫一座。
我看见你径自端坐其间,一如往日。
柔软的屋顶,柔软的台阶,泛出一道道
黄金般矜持的光焰,又依稀衬托出了
一个隐隐约约的自我,那是你的形象吧。

昔日的门庭荒凉依旧——没有迥廊,
却有想象的迥廊里的两个女儿,
没有月亮,却有一把明月的古琴
只不过有点凄凉,叫人哑口无言——
如此看来,你还是另一个你吧,两者
都在我凸状的梦的眼睛里,虽然四周
依旧种着月季,玫瑰,蔬菜,

都在尽情地盛开。还有枯枝乱草
一年的侵蚀使中间那条小径逐渐荒芜。
可几乎来不及意识,你又浮现眼前,
仿佛早已知道发生了什么
又仿佛在你的生和死隔着一层遗忘

而这就是你吧:一颗柚子似的
顽童脑袋肿胀,嘴唇变黑,呼吸转白;
脖子已不能转动,好像太热,领子
又太紧;双臂原来交叉在胸前,现在半垂着,
好似一次无形的交谈忽然间中断了
傍着无名的叹息,傍着一副正在死去的
逼真的表情——而我也无可奈何
不知该说些什么,不然我就能解释
那时我为什么竟没有一句安慰!
我甚至留意到,你瞳孔里游动着一半的蛇,
另一半消失在草丛里——一种剧痛的消散
显然是,不然这四周风景为何
如此安静,安静得叫人灵魂出窍。

一个隐隐约约的自我,谁的自我?
一个世界的秘密,哪个世界的秘密?
我梦见你死又梦见你活,是否意味着
我自己也是飘忽不定,而我又是谁?
时间消失了,视线弯曲了,而你
眼睛里的心情,是柏拉图式的崇高,

眼睛里的语气,是圣经第一章的,
眼睛里的惊恐,像希腊的拉奥孔。
我为我的冷静而难过,但我需要你
坚持住活着的形象!哪怕坚持片刻,
哪怕仅仅活在一片蓄意的草的扭动
和嘴巴空洞形状的虚幻里。

很久以前,那个巨人般的夏天,
那时池塘就像天堂的哈哈镜子,
让远道而来的城里女子流连,
她们喊着要在这里过夜,待上两三天,
三点式的迷你泳装花花绿绿。
可在你的眼里,这无异于裸体,
你远远地躲在树丛后面,枉自苦恼。
你还预言:这个池塘将永远会有
女孩们在那里洗澡的幻觉——那是
你的预言和幻觉吧——因为在你的大脑
在你大自然的历史里从未有过这样的先例。

现在好了,一切原样,只是水还很凉,
夏娃们是不会从岩石后面青蛙似的
蹦跳出来,连同着那一片享乐主义的苍穹。
啊,她们美不胜收,却总是姗姗来迟。
那水下的肌肤,那水面露出的胸脯,
完美的胸沟,丰饶的臀部,流淌着性感——
可如今,这一切说来都已不自然,

也不会有更合适的时辰安排,
但若问我:"曾几何时,发生过什么?"
我又当如何回答,更无法这样说:
"啊!都在这里了,她们想要,死!"

啊,来了,我倒是希望来和你
谈谈月季,玫瑰,杂草丛生或其他
日常的什么,甚至那只蝴蝶。
或面对面席地而坐,天下事,
满可以一笑置之,那该多好!
或让你再说一遍:人走人的路,蛇走蛇的路
——这句脱口而出的话。或者
如果我懂得在每日的劳动中
认识自己的天性,也许我就能
仅仅从你那坚持着的活的形象,
获得上帝般的宽恕和勇气,
从而忘掉活着就是一种禁忌,
以及这个可怖的世界,到处充满了
弯弯曲曲的孤儿般的道路。

我为我的冷静难过,为眼前悲剧一幕——
如果这些也叫悲剧:我梦见你死,
月光般清晰可辨,我梦见你在转变
在适应,在思考,在一面湖似的
无言地接受自己的日落,我梦见你
像一个有着固执父性的先知,

形象在稳定地缩小，声音在无限地模糊，
头顶一朵宗教色彩的云飘过，
身后却是永别的尘世乌云，
——而且这些，已无疑地使我相信
那个死去的正是你：你的方向，你的去处

然而，随着我躺下，
闭上眼，目睹梦的开始，
这时候，如果我恰巧醒来，
你就会在我的眼睛里获救。
任凭时光流逝，且不论眼下
是相传中的洞穴时代，
还是值得怀念的事物
总是姗姗来迟，不论记忆中
是否有过更加悲惨的梦，
还是仁慈的大自然早已将一切埋葬，
而我无意中做了这样一场梦，
又对你隐瞒，这是否也算
对大自然的一次献祭——
然而毕竟有些尴尬，有些仓促，
虽说那是你的房子，那是一场梦
但我为自己的冷静而难过！

1995 改于 2020*

---

* 《梦歌》选自长诗《适得其所》。

后记

我的脑海里常常回响着一句诗：人依靠形象生存。这句话，倘若它不在上下文的关系里，也许不成其为诗；而且它是别人写的，但它现在属于我；或者出于基本相通的经验，它是我的一面镜子。这是一种真实，对我意义重大。

在我看来。每首个别的诗同时是每个人的，这是诗的核心形象。每一首诗都应该有其形象，能令人联想到生活。而且，生活可以在别处，现实可以像一个继父，但诗从未变换过居所。

但如若你刻舟求剑，要给它另盖一所房子，会常常发现它并不在里头。

我曾写过一首名为《冒犯》的诗，这两个意含禁忌和自由的汉字，是我从事创作常有的体验。我相信在言语活动背后存在更大的沉默的世界，它决定着一首诗的创作质地；在另一首《掘井》的诗里，我直接表达了这种感受："我所感到的禁忌就像我赤身裸体，冒失地跑过咚咚响的大地。"

那是在挖地三尺。我很传统，写过诸如此类的诗。

有一次在山里，与石匠们一起撬石头，想用来铺台阶，石头赖着不动，因而偶得一句：一块石头，当你搬动它，它就成了顽石——这是在一次角力中蹦出的，没有道理可言，只能心领神会。

诗可以与我们的知行有着天然内在的契合。

大约在二十年前,我写过一篇短文作为一本诗集的序言,它最后一段这样写道:"我多么希望有一天,当我写作时感到生活正手把手地教我写出一行行,写出一首天下最笨拙的诗。我相信那样的话,我将获得新生。"——现在换个说法,我仅仅是希望透过诗歌,去应证某种朴素的写作,去抵达生活。

这不完全是感性想象,更不会凭空消失。

在隐喻的世界里,诗也是生活的一面镜子,有其自身传承的秘密,语言可以洞见但难以界定它。那是大地上一口古老的泉眼。而对于一个自上世纪八十年代写诗至今的我而言,自由诗(这个词如今不怎么有人提起)也无异于一面镜子,它让我们目睹不止一代人在不同语境的落差里如何盘活那泉眼,直到开始感到某种释放或禁忌。

因此,就我个人而言,如果没有《诗经》,没有那些民谣,没有李白王维,我大概就不会去写诗。而"自由诗"它过去对我所意味的一切,今天仍然是我未尽之事业。

因此,这是一个自由诗时代,每个人都可以成为它寓言里的一部分。

或者,可以再退一步说:我同时也一直在画画,且不说什么诗画同源,却也是在试图呼唤某种生活。我东画一笔西画一笔,大有得寸进尺之嫌,不过是说:我写诗就像在沉默背后拾取石头,那么画画,就像我换一块石头,并将它扔向世界——或许还是扔向一个遮蔽着同样大的经验的世界。当然,我是认真的。

这部诗集的编辑,可谓我自创作以来所有主要作品的最后修订。重新触动那些时间封尘里的东西，那些轻微的但显然有想象和情感意义的东西，想到自己一生满是土豆种子的卑俗气味，想到一生多半是在闪烁其词，必然又庆幸又诚惶诚恐。因此在这里，我要感谢上海雅众文化方雨辰女士的赏识，她的热情支持使得这部诗集顺利问世。

吕德安

2020 仲春草于西雅图

吕德安创作履历表

1960年　出生于福建马尾港。自幼喜欢"舞文弄墨"。

1976年　高中一年级便辍学,赴家乡的附近农村插队,成为一名"知青"。此期间偶获破旧的《普希金诗选》(查良铮译),深受震撼,开始尝试写"自由诗"。

1977年　考上位于厦门鼓浪屿的福建工艺美术学校装潢专业。认识舒婷,并从这位"朦胧诗"诗人那里接触到地下诗刊《今天》及一些近现代西方诗歌。

1978年　认识在厦门大学哲学系读书的诗人金海曙和北京诗人黑大春,并从他们那里读到了洛尔迦、叶赛宁和马雅可夫斯基的诗。认识了老诗人蔡其矫。

1979年　假期游历东山岛,写下《澳角的夜和女人》,此诗可谓首次显露了个人的音调。舒婷将它推荐给蔡其矫,后者回信称"又一颗新星上升了";黑大春也在信里说此诗得到北京诗人普遍认可。所以算是成名作罢。

1980年　受翻译诗和现代绘画影响,一边补习古典诗词,曾暗自立志做一个王维式的诗人。写了长诗《大海》及短诗无数——这些早期诗作多无留存。

1981年　毕业后分配到省城福州一家外文书店当美工。诗歌题材也落地涉及故乡和日常生活;诗风颇受民谣影响。

1982年　创作《纸蛇》等一系列民谣式诗歌。还与友赴畲族乡村采集民歌。同年出差北京与"今天派"诗人有所接触。

1983年　与金海曙等诗人、画家共同创建诗社"星期五"。诗学倾向逐渐明晰,主张诗歌对日常生活经验的观照。油印出版首部个人诗集《纸蛇》，印数30本。偶尔也画些画。

1984年　写出《父亲和我》《吉他曲》等早期重要作品。

1985年　创作组诗《一个弱小民族的叙事诗》。应韩东邀请成为南京"他们"诗社成员。韩东在信里写道："我们这里已有九个全国最好的诗人，就差你了！"《父亲和我》在第二期《他们》上发表。与"星期五"挚友筹划集体申请到海南岛工作未遂。结婚。自行油印诗集《南方以北》。组织并参展首届"星期五画展"。

1986年　在《新诗潮》（北京大学出版）发表了《父亲和我》等八首抒情诗。此后作品开始陆续在国内一些民间同人杂志刊登，选入当时重要诗歌选本（如《中国现代诗歌流派大展》，徐敬亚等编），以及在《诗刊》和《中国》（北岛主编）等正式刊物上发表。被圈内称为"家园诗人"和"诗人中的诗人"。绘画作品首次参加画展：全国新华书店美术工作者画展（中国美术馆），画品颇具表现主义风格。

1987年　父亲去世。此期的创作旺盛，作品较带叙事性和口语化倾向，诗风受到《他们》的诗歌主张及美国诗人弗罗斯特的影响。

1988年　正式出版《南方以北》（广西人民出版社），属"80年代"首次正式出版的先锋诗集丛书，丛书作者有食指、多多、芒克、黑大春、柏桦、翟永明等。赴京进修于中央工艺美院。在京期间常参加"圆明园诗社"在各大院校的诗歌活动，并结识了西川和海子。

1989年　由西川来信得悉海子自杀，创作组诗《蟋蟀之死》。自印出版个人诗集《另一半生命》。

1991年　年初以陪读身份首次赴美，落脚明尼苏达州曼凯托镇，一个冬天后乘大巴赴纽约并开始以街头画像谋生。与《一行》创办人严力成为好友。在纽约东村一家画廊与一位美国诗人联合举办一次朗诵会，由女诗人张耳主持并翻译诗稿，接受她的采访，首次对自己的创作做出了各方面解答，采访稿在橄榄树网站发表。诗歌作品开始在国外版《今天》上发表。开始计划创作长诗《曼凯托》。

1992年　接受黄灿然、陈东东、王寅等四位诗人的联合笔访。认识同在纽约的诗人翟永明和画家何多苓夫妇。在纽约参加"今天派"的诗歌活动，再次遇上顾城（顾城一年后自尽于新西兰的一座海岛上）。

1993年　《死亡组诗》在《以梦为马》（谢冕，唐晓渡编）上发表。长诗《曼凯托》在夏季前完稿前分别在《他们》和《声音》上分期连载。获得首届"他们"文学奖。诗名入载《新中国文学词典》（江苏文艺出版社，潘旭澜主编）。

1994年　早春回国。婚姻破裂。与挚友画家唐明修上家乡北峰山上盖房。年底房子已初具规模。

1995年　一整年忙于盖房修园，不亦乐乎。诗也渐入佳境。《曼凯托》在云南《大家》全文发表，颇具反响，与于坚的《零档案》一同被喻为"这几年来中国诗坛的双子星座"。开始创作长诗《适得其所》。后与到访的诗人朱文结伴游历广东和云南，途中遇见牟森（当代实验话剧界先锋导演）。

1996年　蔡其矫、舒婷到访山居。写出长诗《适得其所》初稿。受邀参与牟森"戏剧车间"的戏剧《医院》的创作，并作为演员随剧组到巴黎、哥本哈根等地巡演。应邀担任刘丽安诗歌奖首届评委（历时五年）。

1997年　赴法国和德国参加两届诗歌节。随牟森再赴德国、

	荷兰两地演出。翟永明、何多苓、牟森到访山居，而于坚因故未至，韩东和朱文也因机场大雾取消航班没能成行。
1998 至 1999 年	获绿卡再赴纽约。认识了摄影艺术家金旻和摄影大师罗伯特·弗兰克。重燃画画的念头。回国游历瓦屋山和峨眉山。写出《从峨眉山归来》（此诗后改名为《不，不是那扇门》）。
2000 年	诗集《顽石》出版。
2001 年	再度结婚。继续创作《适得其所》，其部分章节在《大家》和《今天》上发表。在山居建立画室，专事漆画创作。
2002 至 2006 年	儿子出生。开始常年游居纽约和家乡两地。以母子题材创作组诗《抚摸》，此诗在朵渔主编的《诗歌现场》发表。2006 年在纽约时陪于坚前往哈佛大学进行诗歌朗诵。回国后受访于北京《时代人物》周刊，被喻为"中国式弗罗斯特"。
2007 至 2010 年	此期间疏于写诗而更倾心于绘画，间或参加一些国内诗歌活动。常与本地诗人曾宏、大荒等诗人上山写生，聊诗论画，饮酒玩石。《适得其所》定稿。于坚到访山居并留居三日。
2011 年	《适得其所》出版问世。获高黎贡诗歌主席奖。与严力、宋琳、孙磊、宇向、王艾等诗人画家在福州同共创建"星期五画派"。组织举办画展《一千零一个——星期五画展》。
2012 至 2013 年	诗集《适得其所》入围华语文学传媒大奖。进京兼任影响力中国网诗歌主持，并建立绘画工作室。应邀前往美国弗尔蒙艺术中心，驻地创作交流一个月，其间拜访了当年在小镇附近湖边做短期逗留的洛尔迦的"故居"。写出《八大山人》。

2014 年	在北京798树下画廊举办首次个展《茅屋为西风所破——吕德安作品展》;在杭州人可画廊举办个人画展《浪漫的落差》,于坚为展览写了前言;出版随笔集《山上山下》。作品入选《百年新诗选——为美而想》,长诗《曼凯托》入选《二十世纪中国百年诗歌》。赴首尔参加"第八届中韩作家会议"。
2015 至 2016 年	获《十月》文学奖和获天问诗歌奖。应邀上海民生美术馆"诗歌来到美术馆"项目。在北京798"圣之空间"举办个画展《合同》,在福建省美术馆举办《浪漫的落差——吕德安作品巡回展》。系列油画作品参展《意文本——中国当代艺术展》(希腊雅典艺术节中心)、《换个心情——从意大利走起——中国当代艺术展》(意大利)。在福建宜美术馆举办《隐匿之光——吕德安作品展》。应邀与严力等诗人、画家参加西雅图《诗画展》。在深圳飞地书局举办《图像与修辞——吕德安、王艾双个展》。
2017 至 2019 年	艺术方面活动渐多。出版《两块颜色不同的泥土》。并着手修改长诗《不,不是那扇门》。在厦门鼓浪屿红墨古堡酒店举办《安的进行时》诗画雅集。出版随笔集《在山上写诗,画画,盖房子》;获第六届东荡子诗歌奖。

图书在版编目（CIP）数据

傍晚降雨：吕德安四十年诗选：1979—2019 / 吕德安著 . —北京：北京联合出版公司，2020.11（2022.6 重印）
ISBN 978-7-5596-4618-7

Ⅰ.①傍… Ⅱ.①吕… Ⅲ.①诗集－中国－当代 Ⅳ.① I227

中国版本图书馆 CIP 数据核字（2020）第 195403 号

傍晚降雨：吕德安四十年诗选（1979—2019）

作　　者：吕德安
出 品 人：赵红仕
责任编辑：徐　樟
策 划 人：方雨辰
特约编辑：袁永苹
　　　　　王文洁
装帧设计：M^{oo} Design

北京联合出版公司出版
（北京市西城区德外大街83号楼9层　100088）
北京联合天畅文化传播公司发行
山东临沂新华印刷物流集团有限责任公司印刷　新华书店经销
字数214千字　　1092毫米×860毫米　　1/32　　13印张
2020年11月第1版　　2022年6月第3次印刷
ISBN 978-7-5596-4618-7
定价：68.00元

版权所有，侵权必究
未经许可，不得以任何方式复制或抄袭本书部分或全部内容
本书若有质量问题，请与本公司图书销售中心联系调换。电话：64258472-800